U0458332

〔法〕雅斯米纳·卡黛哈 著

缪咏华 译

哀伤的 墙

L'ATTENTAT

上海三联书店

新经典文化股份有限公司
www.readinglife.com
出品

前奏曲

我不记得听到爆炸声，或许听到了一种嘶嘶声，就像撕裂织品的声音，但又不确定。当时我的注意力受到他的吸引，就是那位被众人奉若神明的教长。信徒簇拥着他，贴身保镖设法帮他的座车开出条路来。"拜托，借过一下。麻烦各位，请让让。"忠诚的信徒们推来挤去，就为了想要更近距离看到教长，摸摸他长袍的下摆。这位饱受尊崇的老者不时转身，对熟人致意或向门徒答谢，苦行僧般的脸上闪耀着坚定、如弯刀刀锋般的光芒。亢奋的人群拥挤成一团，我很想从人群中突围出去，但始终没办法。教长进到车里，一只手还在防弹玻璃窗后使劲挥舞着，两名保镖在他的左右……然后就什么都没了。某样东西划破天际，像道闪电在路中央飞快亮了一下，爆炸的震波朝我直劈而来，也驱散了害我动弹不得的狂热群众。刹时，天空崩陷，前一秒马路两旁还有虔诚的信众夹道欢迎，现在一切天翻地覆。那是一个男子吗？还是个男孩的身体？像一道隐隐约约的闪光令我眼前一花。怎么回事？尘土飞扬，烈火席卷而来，万千火花向我猛烈进射。我依稀能感觉到自己的全身在爆炸的呼啸声中快散开了，快解体了……几公尺外——或几光年外——教长座车喷出熊熊烈焰。贪婪的火舌吞噬了座车，空气中弥漫着一股骇人的焦味。这些动静想必很恐怖，我却什么都感觉不到，双耳突然全聋了。这样一来我很高兴，因为听不见城里的喧嚣，我什么都听不到，什么都感觉不到，只是不停地飘荡，飘荡。我飘了好久好久，终于坠落到地上，天旋地转，通体皆散，在街头袭击的恐惧下，我双眼圆睁。就在我落地的那个当下，周遭的一切都凝结不动：支离破碎的座车上方的烈焰、火光、烟雾、混乱、气味、时间……耳中只听闻一声天籁，向深不可测的死寂唱道：总有一天我们会回去的，会回到我们的家园。那又不像是个声音，反而更像是一种轻微的颤抖，漂浮在水面上。我的思绪里面有某个地方又活跃了起来……妈妈，有个孩子喊着。他的呼唤虽微弱，却清晰、纯净。那声音来自远方，宁静的他方……吞噬座车的大火持续肆虐，火花四溅……我的手在砾石堆中摸索；

我想我应该是受伤了。我想要挪动双腿、抬起头，但肌肉全都不听指挥。妈妈，那孩子喊着……我在这儿，阿敏……她来了，就在那里，妈妈从烟幕中现身了。她在停格了的断垣残壁、冻结了的姿势、大张着向深渊呐喊的一张张嘴巴中间，往前行进。突然间，我把罩着乳白色面纱、面露殉难神情的她当成了圣母。我母亲一向都是如此，像一枝明亮又哀伤的蜡烛。她只要把手放在我滚烫的额头上，便可将高烧与担忧吸收……而她现在已经来到这儿了，她的法力丝毫未减。我打了个寒颤，摆脱了世俗的羁绊，将思想全部放空。火焰又跳起了死亡之舞，所经之处爆裂四起，恐慌一发不可收拾……一名男子，衣服被烧得焦烂，脸孔与手臂被熏得乌黑，还企图接近起火的座车。即使他伤势严重，但不知打哪来的一股拗劲，让他依然不惜一切也要救出教长。他的手只要一放在车门上，熊熊窜起的烈焰就将他逼退。车内，中了埋伏的那几人则浑身火焰。两名脸色宛若幽灵般惨白、满身是血的汉子从另一边推进，打算硬从后门抢入车中。我看到他们大声嘶吼，不知是在发号施令，或因疼痛使然，反正我听不到。我附近有个毁了容的老头，露出呆滞的眼神盯着我瞧，似乎浑然不觉自己的肠子在空中飞舞，鲜血如瀑布般喷洒到坑坑洼洼的地面。一个受了伤的人在石砾堆上爬行，背上好大一个伤口还冒着烟，神志不清的他，一面哀嚎着，刚好爬经我身边，就咽下了最后一口气，眼睛睁得好大，彷佛无法相信这种事竟然会发生，竟然会发生在他身上。那两名鬼魅般的男子终于打破挡风玻璃，扑进车厢。别的幸存者也前去帮忙救援，赤手空拳，将冒着火的车壳给掀了，打破窗玻璃，跟车门死命拼搏，终于把教长的尸首给拖了出来。五六双胳臂抬着他远离座车的残骸，其他人七手八脚努力拍熄教长衣物上的火星，随后将他平放在人行道上。此时我的髋骨处传来一阵剧痛，如万千针扎般的刺痛，我的长裤几乎全被烧毁，只剩下几块烧焦了的破布可以蔽体。我的小腿歪向胸部的位置，既怪异又恐怖，靠着一小块皮肉与大腿相连。就这么一下子，我全身气力尽失，感到四肢百骨一一散开，已然解体……滴嘟滴嘟，救护车终于赶到我这里；路面的嘈杂声又逐渐从背景浮现，向我袭来，吵闹不堪。有人俯在我身上，草草听了听诊，就走远了。我看到他蹲在一堆焦黑的肉团前，量着脉搏，接着就对担架员打了个手势。另有一个男子过来拉起我的手腕，不久之后又立刻放下，然后说："这家伙完了。我们也无能为力。"我想叫他别走，求他再检查一下，胳膊却不听使唤，一动也不动。

妈妈，那孩子又在呼唤……我在一片混乱中找妈妈……放眼望去，却看见一望无际的果园……祖父的果园……族长的果园……一个每天都是夏日的柑橙国度……还有一个梦想攀上山脊顶峰的男孩。

蓝得透亮的天空。柑橙树枝桠相连，无边无际。那孩子 12 岁，有一颗如瓷器般易碎的心。在这个年龄，他见到什么就爱什么，他的信心与喜悦同样强烈，他想要摘下月亮放入口中大嚼，就像采果子大口咀嚼一样；他以为只要伸伸手，全世界的幸福都会手到擒来……然而现在，在我眼前，尽管眼前的悲剧已经永远摧毁了我对果园的回忆，尽管好多人在马路上奄奄一息，尽管大火最后终于吞噬了教长的座车，记忆中那个男孩还是蹦蹦跳跳，张开双臂，犹如老鹰展翅，在果园中奔跑，身旁每棵果树都是一方仙境。泪水又淌在了我的双颊……"若有人告诉你男儿有泪不轻弹，那人根本就不知道何谓男人，"我正在停放祖父遗体的房里哭得伤心欲绝时，父亲走上前告诉我，"儿子啊，哭并不丢脸。眼泪是我们所拥有的最崇高的东西。"由于我还是不肯松开祖父的手。父亲蹲在我面前，将我揽到怀里。"留在这边什么用都没有。逝者已矣，已经结束了，就某方面来说，他们已洗净罪孽。至于生者，只不过是大限之日到来前的幽灵罢了。"两名担架员抬起我，扔到担架上。救护车倒着车开近目的地，车尾门大开。几双手将我拖出车厢内，扔到一堆尸体中间。我听到自己耗尽最后一口气力，正在呜咽："真主啊，如果这是个可怕的噩梦，让我清醒吧。立刻就醒……"

第一章

手术后，院长伊斯拉·本哈伊姆到我办公室来看我。虽然他已经60出头，天生胖乎乎的，可是依然健旺矍铄，精神抖擞。医院里大家给他起了个"老士官长"的外号，因为他虽然极其专制，幽默感始终慢半拍，但要是碰上重大事件，他总是第一个卷起袖子，挨到最后一个才脱身的。

我还没入以色列籍之前，还是个初出茅庐的外科医生，正用尽一切办法成为正式住院医师的时候，他就已经在本院服务了。虽然当时他只是个小小的外科主任，但还是尽量利用自己职位上有限的影响力，不让人家诽谤我。当年，我身为贝都因人之子，想打入受过菁英教育的同侪圈子，很容易引起别人的排斥。我同届同学都是些富裕的犹太人，戴着金手链，停车场上停的都是敞篷轿车。他们看不起我，同时把我的每一项成就看做是对他们社会地位的威胁。有时有些同事欺负我过了头，伊斯拉甚至不问青红皂白就自然而然地跟我站在同一边。

伊斯拉没敲门就推门进来，歪着头看我，唇边带着一抹微笑。这是他表示自己很满意的方式。于是我把椅子转过来面向他，他取下眼镜，拿白袍下摆擦了擦，说道："你简直就像去了地狱一趟把病人给带回来似的。"

"别夸张了。"

他将眼镜戴回朝天鼻上，点了点头，沉思了一会儿，眼神又恢复严峻。

"你今晚会来俱乐部吗？"

"不可能，我太太今天回来。"

"那我怎么报仇？"

"报哪个仇？你从来就没赢过我半局。"

"阿敏，你不遵守游戏规则，老是趁我状况不好的时候赢我。我觉得今天状况好得很，你倒想溜了。"

我靠在椅背上，好把他看个清楚。

"可怜的伊斯拉，你想听我说吗？你啊，出手没当年那么狠啰，我可真怪自己占你便宜呢。"

"话别说得那么满，总有一天我叫你哑口无言，永远封住你的嘴。"

"那你不需要网球拍，只管叫我卷铺盖走路不就结了。"

他答应会好好想想，手指在太阳穴不经意地点了点，算打了招呼，就回到走廊，教训起护士来了。

剩下我一个人，我努力回想伊斯拉闯进来前我在做什么，然后想起来了，我正打算打电话给我太太。我拿起话筒，拨了家里的号码，响了第七声后，我就挂断了。手表指着午后 1 点 12 分。要是我太太丝涵坐上 9 点那班车，她应该到家好一阵子了啊。

"别想太多！"晶恩·耶胡达突然闯进这间斗室，吓了我一跳。她连忙说道，"我进来前先敲过门。是你自己魂不守舍的……"

"抱歉，我没听到你进来。"

她装出一副高高在上的样子，摆了摆手，要我免了抱歉，看到我眉毛皱成一团，她问道："你打电话回家？"

"什么事都瞒不过你。"

"这还用说。丝涵还没到家？"

晶恩如此敏锐，让我很受不了，不过我已经习惯了。我从大学时期就认识她。我们虽不同届，可是却一见如故。她很美，很自然，很大方，不像别的女学生，就算是跟阿拉伯人借个打火机也会三思而后行，哪怕是个聪明帅气的阿拉伯小伙子也一样。晶恩很爱笑，对人掏心掏肺。我们交往过一阵子，彼此感情纯真到令人难以置信。后来有一名俄罗斯的年轻男神从天而降，把她从我身边抢走，害的我非常痛苦。他又帅又会玩，我没什么好不服气的。之后我娶了丝涵，那个俄国人则在苏联帝国瓦解的隔天不告而别。晶恩和我则依然是非常要好的朋友，我们俩合作无间，两人拥有出奇的默契。

"今天假期刚结束，"她提醒我，"路上一定大塞车。你有没有打到她外婆家试试看？"

"农场没电话。"

"打她手机。"

"她手机放在家里忘了带出门。"

她双手一摊，表示听天由命。

"运气不好。"

"谁？"

她挑起美丽的眉毛，用手指着我，要我注意点。

"有些人的出发点是好的，但可悲的是，这些人没有勇气去付诸实践，然后不了了之。"

"那我展现勇气的时候到啰，"我边起身边说，"手术过程很辛苦，咱们需要恢复元气……"

我拉着她的手肘，把她推到走廊。

"美女，走我前面。我要好好欣赏你的背后风光。"

"丝涵在的话，你还敢对我这么说吗？"

"只有笨蛋才不懂得见风使舵。"

晶恩的笑声在回廊中蔓延开来，宛若出现在养老院的一个亮丽花环。

我们刚吃完，伊兰·罗斯就到员工餐厅来了。他端了满满一餐盘食物，在我右边坐下，这样他才能坐在晶恩正对面。他大肚子上的罩衫左右敞开，红通通的脸颊松垮，一口气先吞下三片冷肉，才拿餐巾纸擦了擦嘴。

"你还找不找度假屋？"他一边问我，一边还在狼吞虎咽。

"要看地点吧。"

"我好不容易帮你找了一个。离亚实基伦不远。很漂亮的小别墅，应有尽有，够你远离尘嚣的了。"

大约从一年多前开始，我和妻子动了"买个海边度假小屋"的念头。丝涵喜欢海。只要我有休假，我们都会跳上车到海边去。

我们会先在沙滩上走好久好久，然后再站在高高的沙丘上凝视海平线，直到夜深。丝涵总是会被夕阳壮丽的景致深深吸引，而我从没搞清楚为何她喜爱夕阳。

"你以为我的钱够多，可以买度假小屋吗？"我问。

伊兰·罗斯很快笑了一下，绯红的脖子像果冻般抖动。

"阿敏，你省吃俭用了好些时候，我认为你至少有能力实现一半的梦想吧。"

猛然，一阵巨大的爆炸撼动了墙面，员工餐厅的玻璃震得砰砰作响。所有人面面相觑，不知所措。靠近落地窗的几个人立刻站了起来，转身往外看。我和晶恩则冲向最靠近我们的窗边。原本在医院天井忙进忙出的人，现在一动也不动，头转向北方。医院对面那堵高墙挡住了我们的视线。

"绝对是有人发动恐怖袭击。"有人说道。

我和晶恩朝走廊冲去。这时已经有一小班护士从地下室跑上来，往大厅方向奔去。震动威力之强，可以判断出爆炸点就在距离医院不远处。值班的人开了对讲机，探听爆炸的情形，可是对讲机里的对方说他也不清楚状况。我们猛冲到电梯搭到了最顶楼，大家连忙朝突出建筑物南侧的大露台那儿走去，有几个好奇的人已经在那里了，用手遮着太阳光线，往距离医院几条街外的地方瞧，那儿正冒出烟雾。

"哈吉尔亚那里传来的，"一个值班的保安对着无线电对讲机这么说，"不知道是炸弹还是自杀式袭击者。搞不好是汽车炸弹。我没进一步的消息。我只知道烟就是从袭击目标那边冒出来的……"

"我们得下去。"晶恩对我说。

"你说得对，我们必须准备照顾第一批被撤出来的伤员。"

10分钟后，陆陆续续传来的消息显示这是一次货真价实的大屠杀。有的人说整辆巴士被炸掉了，有的人说是餐厅被轰了。医院总机接电话已经接到手软，全员进入红色警戒。

院长伊斯拉·本哈伊姆下令紧急应变小组随时待命。护士和外科医师赶到急诊室，担架和轮床都在疯狂却井然有序的程序中准备完毕。这已经不是特拉维夫第一次遭到炸弹袭击，本市的抢救应变能力越来越有效率。可是袭击事件就是袭击事件。不断发生的袭击事件会使我们感到疲惫，逐渐地，我们只是机械式地处理，不再以人性面对。骚动和恐惧永远考验着我们冷静处理的能力。恐怖敲门时，首当其冲的总会是我们的心。

急诊室轮到我值班。伊斯拉已经在场，脸色苍白，手机贴在耳际，边试着用手指挥其他人准备动手术。

"自杀式袭击者在餐厅引爆，炸死了好几个人，还有好多人受伤，"他说，"清空 3 号、4 号病房，准备接收第一批伤者。救护车已经在往医院的路上了。"

晶恩已经回到办公室，这时也被紧急召来急诊室这边，到 5 号病房跟我会合。伤势最严重的伤员一定会被送到 5 号病房。有时候手术室不够用，我们还就地在临时的手术台上开刀。我跟另外四名外科医生一起检查了手术设备，护士则围着手术台忙进忙出，动作敏捷。

"少说也死了 11 个人。"晶恩边打开仪器边告诉我。

外面传来救护车滴嘟滴嘟的叫声。第一批抵达的救护车塞满了医院大门前的广场。我丢下晶恩一个人调整仪器，自己则跑去大厅找伊斯拉。伤者的哀号声在整个大厅回荡。有个近乎全裸的女人，惊恐不已，全身在担架上不断扭动。抬担架的人想让她冷静下来，但苦无良策。她从我面前经过，头发横七竖八，双眼瞪得好大。在她之后，是一具浑身是血的年轻男子的躯体，脸部和手臂都被烧得好像刚从煤矿里出来那般焦黑。我冲到他身边，将轮床引至一旁，让出通道。有个护士过来帮我。

"他的手没了。"她大叫出声。

"不要慌张，"我命令她，"帮他绑止血带，立刻送他进手术室。一分钟都不能耽搁。"

"是的，医生。"

"你确定可以吗？"

"不用管我，医生。我自己会想办法。"

只不过一刻钟的时间，急诊室大厅成了战场。少说也有一百多位伤者挤在里面，多半就直接躺在地上。每张轮床上都是残缺不全的肢体，恐怖的惨叫声此起彼伏，有的人全身被火烧得体无完肤，哭喊声在整个医院倾泻。不时会传出一声明显的哀嚎，凌驾于其他嘈杂声之上，代表着有人过世了。有一位伤员，我还来不及帮她检查，就在我手中咽下最后一口气。晶恩向我示意：手术室已经满了，现在开始得把严重的病患转到 5 号病房。有个伤者非要我们立刻照料他不可。他背部的皮肤从左到右被削掉一大片，部分肩胛骨就直接暴露在外。他眼见现场没人照料他，于是死命抓着一名护士的头发，我们出动了三名彪形大汉才让他松手。稍远处，有位伤者卡在两个轮床之间，急得像热锅上的蚂蚁，最后他过于激动，终于从轮床上掉到了地面。他的身体有多处伤痕，他开始在空中猛挥拳。负责照顾他的护士看起来快要控制不住场面，一看到我便好像看到救星似的，眼睛为之一亮。

"快，快，阿敏医生……"

突然之间，那个伤者变得全身僵硬；原先他嘶哑的喘气声、他的抽搐、他狂乱挥舞的手脚，刹那间全部静止下来。他的手臂无力地垂在胸膛上，好似刚被割断线的木偶。就在这一瞬间，他脸上痛苦激动的神情消失，取而代之的却是一种混合了冷酷和厌恶的表情。这时我正俯下身子想帮他检查，只见他目露凶光，嘴巴翘起，脸色大变。

"我不要阿拉伯人碰我，"他边骂，边怒气冲冲地推我，可是他的手劲有气无力的，"我还不如死了算了！"

我抓紧他的手腕，使劲把他的胳臂紧紧贴到大腿外侧。

"抓好他，"我对护士说，"我来检查一下。"

"别碰我，"那个伤员持续反抗，"我不准你把手放在我身上！"

他朝我吐口水，但他已经非常虚弱了，他那一团黏稠、有弹性的唾液抖动着落在他下巴上，他的眼皮底下则溢满愤怒的泪水。我打开他的外套，帮他敷料止血，他的腹部成了一团如海绵般的烂糊状物。这人失血过多，如果他继续大吼大叫，只会让血流得更厉害。

"立刻动手术！"

我打个手势，要一位男护士帮我把伤员抬回担架，然后推开挡路的其他轮床，往手术室直奔。这个伤员眼看就要死了，却依然恶狠狠地瞪着我。他还想抗议，可是他残缺的肢体已经不容许他这么做。他被打败了，干脆扭过头去，以免看到我就在他前面。

然后，他就任由麻醉药控制了他全身，终于不省人事。

第二章

晚上 10 点左右，我才从手术室出来。

我不知道多少人上了我的手术台。每次才刚开完一刀，手术室的双扉门一开，新的轮床便又推了进来。有的手术没花多少时间，有的则把我给累坏了。我浑身抽筋，关节酸痛，时而头晕眼花，一直等到有个小孩差点被我害死在手术台上，我才当机立断请别的医生接替我。晶恩那边则失去了三名病患，接连三个，彷佛有人在施展巫术，让她的努力化为乌有。她从 5 号病房出来时还在咒骂自己。现在她应该已经回楼上办公室去尽情放声痛哭了。

伊斯拉·本哈伊姆说，死亡人数不断攀升，共有 19 人不治身亡——其中包括正在快餐店里帮同学庆生的 11 名小学生，那家快餐店就是这次爆炸事件的袭击目标——另外还有 4 人截肢，33 人状况危急。此外，还有 40 多名伤员由家人接走，其他的人经过紧急治疗后，已经自己想办法回家了。

医院的接待大厅里，心急如焚的父母们边啃着指甲，边梦游似的晃过来晃过去，大多数看起来还没理解刚刚降临在他们头上的灾难有多严重。一位惊慌失措的母亲抱着我的手臂，她的眼光如利刃刺穿了我："医生，我女儿怎么了？她会没事吧……"还有个父亲刚赶到，他儿子正在抢救中。他想知道，为什么手术动了这么久。"他已经进去了好几个钟头。你们到底在对他做什么？"护士也跟他一样忧心忡忡。她们尽其所能提供最新消息，以安抚这些不断提出质疑的家人亲属。有一家人看到我正在安抚一个老人，于是立刻拥到我身边。我花了好大功夫脱身，改从外面的天井绕了整幢建筑物一大圈，才回到我的办公室。

晶恩不在她办公室。我到伊兰·罗斯那去找她，罗斯没看到她，护士也没有。

我换好衣服，准备回家。

停车场上的警察们忙得很，不断来来去去，但始终维持静默。在这一片沉寂之中，不时可以听见警方无线电传出劈劈啪啪的杂音。有个警官在一辆四轮驱动车里对着无线电发号施令，一挺轻机枪就搁在仪表板上。

我被晚风吹得有点飘飘然，找着了我的车。晶恩的日产汽车还停在我早上看到的地方，因为天气实在太热，她的前座车窗还摇下来一半。我推断晶恩应该还在医院没下班，不过我太累了，所以就没去找她。

我驶离医院之后，看见特拉维夫这个城市依旧宁静祥和，刚刚发生的悲剧虽然撼动了这座城市，但城市仍然维持着自己的步调。大排长龙的车辆争先恐后冲入佩塔提克瓦环线，咖啡馆和餐厅里人挤人，人行道上挤满了夜猫子。我从杰维若大道一路开到贝特索科罗夫，在那儿碰到了这次袭击发生后才设下的检查哨。由于这个严峻的安全关卡，迫使驾驶人不得不绕过哈吉尔亚一带，因此哈吉尔亚实际上已经被单独隔离在这个城市之外了。我设法钻进了哈许莫乃姆街，这条街浸淫在寂静的星光下，远处还可以看见惨遭自杀式袭击者炸毁的快餐店。警方的鉴定单位把出事地点做分区管制，正在进行采样。餐厅门面被炸得四散纷飞，整个南侧的屋顶坍塌，人行道上留下一道道黑色的条纹。遭连根拔起的路灯倾倒在覆满各式碎片的马路上，可以想象爆炸的威力空前强大。周围建筑物的窗玻璃七零八落，好几堵正面立墙还呈片状剥落。

"这里不可以逗留。"不知打哪儿蹦出来了个条子，对我发号施令。

他拿手电筒在我车上来回扫过，先照了下车牌，随即朝我的脸这边照过来。他很本能地往后轻轻退了一步，另一只手举枪警戒。

"别轻举妄动，"他警告我，"手放在方向盘上。你在这边干什么？难道看不出来这里被隔离了吗？"

"我要回家。"

第二名警察前来支援。

"他从哪边过来的？"

"我哪知道？"第一个警察说。

这会儿轮到第二个条子拿手电筒照我的脸，又恶狠狠地斜瞄我，满眼狐疑。

"证件！"

我拿给他，他检查着，手电筒又照在我脸上。我的阿拉伯姓名令他不快。每次袭击事件过后都会这样。条子绷紧神经，可疑的外貌激起他们的疑心。

"下车！"第一名警察催我，"面对着车站好。"

我照办。他粗鲁地把我推向车顶，用脚分开我的腿，开始有条不紊地搜身。

另外一个条子则去看后车厢里有什么东西。

"你从哪边来的？"

"医院。我是伊齐洛夫医院外科的阿敏·贾法理医生，我才刚从手术室出来。我很累，我想回家。"

"好了，"另一名警察边关上后车厢边说，"这边没什么要注意的。"

另外一个条子却不肯就这样放我走。他稍微走远些，跟指挥中心通报了我的来历，并告诉中心我的驾照和工作证资料。"是个入了以色列籍的阿拉伯人。他说他刚从医院出来，他是外科医生……贾法理，道理的'理'。……你跟伊齐洛夫医院确认看看……"五分钟后，他回来了，把证件还给我，并用强制的语气命我从原路折返，不准再掉头。

我直到晚上 11 点左右才到家，累得要命，外加一肚子火。沿途遭到四次巡逻队拦路临检，把我全身上下都检查遍了。虽然我拿出证件，说出我的职业，可是那些条子眼里依然只看见我阿拉伯裔的外貌。其中有个年轻的警察不想理会我的抗议，竟然还举起武器对着我，威胁我说再不闭嘴的话，就要把我的脑袋给轰崩了。最后还得仰仗他的长官强势介入，那人才冷静下来。

直到我全身而退，安然抵达我们家这条街，我这才松了一口气。

丝涵没帮我开门。她还没从坎纳村回来。帮忙打扫的大妈也忘了来。我发现床没整理,跟我早上起床的时候一样。我查了查电话,答录机没有任何留言。我刚刚才经历了这么动荡不安的一天,回家发现妻子不在家并不会让我太担心。她有时突然心血来潮,就会在外婆家多待几天。丝涵喜欢她外婆的农场,还喜欢在夜深时分流连在小山丘上,沐浴在宁静的月光下。

我回房换衣服,盯着放在床头柜上的丝涵照片看,看了好久。她的笑容如彩虹般灿烂,不过她的眼神却诉说着不同的故事。命运之神对她并不眷顾。18 岁时,她的母亲死于癌症,父亲也因几年后的一场车祸离开人世,她花了好长好长一段时间才终于接受我的追求,嫁我为妻。命运多舛的她,很怕再度遭受命运的捉弄。结婚十多年来,尽管我竭尽全力爱着她,但她依然担心幸福易逝,深信只要一件小小的事情,就足以永远摧毁眼前的幸福。然而,幸运之神不停地为我们的磨盘注入活水,持续支持着我们。丝涵嫁给我的时候,我名下什么也没有,只拥有一辆简直像是患了气喘病的老爷破车,每行驶一小段路就会抛锚。我们第一个家就位于劳工阶级的住宅区里面,那边的公寓可以跟狗窝媲美。我们的家具还是用美耐板搭的,连窗户都不见得有窗帘。如今我们在特拉维夫最高级的住宅区坐拥豪宅,银行存款也相当稳定。每年夏天,我们都会挑一个地方去度假,先后去过了巴黎、法兰克福、巴塞罗那、阿姆斯特丹、迈阿密和加勒比海，我们还有好多爱我们而且我们爱的朋友。我们经常在家里大宴宾客，也受邀参加社交聚会。有好几次我还因学术研究成绩斐然与医疗质量优良而受到褒扬，成功地树立起我的优良信誉。在我和丝涵的亲朋好友中，也有好几位达官显要、政府要员与军事将领，同时还有几位演艺圈的大牌红星。

"你的微笑就像幸运之神，亲爱的，"我对着这张照片说话，"要是你能偶尔闭上眼睛的话。"

我亲亲手指，贴在丝涵的唇上，接着就匆匆进入浴室。我在热滚滚的莲蓬头下待了二十多分钟，裹了件浴袍，去厨房吃点三明治。接着刷好牙，回到卧室，钻进床里，吞下一片安眠药，正打算睡个好觉……

电话铃声像电钻一般钻入脑中，我浑身像触电一般，从头到脚都跟着震动起来。我昏头昏脑的，伸出一只手，朝台灯开关的地方摸索了一下，可是没找着。电话铃声继续刺激我的感官。我朝闹钟瞄了一眼：凌晨 3 点半。我再度在黑暗中伸长了手，搞不太清楚究竟该先接电话还是先开灯。

我弄翻了床头柜上不知什么东西，摸索了好几回，才终于抓到话筒。

接下来的沉默，打消了我一半的睡意。

"喂？说话啊！"

"我是纳威德。"电话那头有个男人对我说道。

我花了点时间才听出那是纳威德·瑞内刺耳的声音。他是一位高阶的警官。安眠药令我神志不清。我觉得自己好像正在某个地方以慢动作兜着圈子，介于嗜睡与梦游之间，我的梦和其他纠缠不清的梦让我思绪纷乱，使得今晚纳威德·瑞内的声音被扭曲得好荒谬，他的声音彷佛是从一口井里面传来的。

我推开被单，坐起来，血液冲着太阳穴轰隆乱响。我得卯足了劲儿才能重新控制住自己的呼吸。

"纳威德，什么事？"

"我从医院打的。你得来一趟。"

闹钟的两根荧光指针彼此缠绕着，在房里幽暗不明的光线中，散发出一道道绿条纹。

我握在拳里的话筒如铁块般沉重。

"我才刚睡啊，纳威德。我开刀开了一整天，累死了。现在值班的是伊兰·罗斯医生，他是个很棒的外科医生……"

"真抱歉，可是你非来一趟不可。如果你太累的话，我可以派人去接你。"

"我觉得没必要这样吧。"我说，手在头发里面乱翻乱抓。

我听到纳威德在电话里清了清嗓子，也察觉到他的呼吸非常急促。我慢慢恢复神志，渐渐看得清楚四周。

从窗户往外望去，我看到大块的云朵正企图将月亮包覆起来。更高处，则是可能会被人误会成萤火虫的繁星万千。街上一片寂静。看来像是整个城市趁着我睡着的时候，已经紧急疏散了。

"阿敏？"

"纳威德，怎么样？"

"不用急，时间多得是。"

"既然不急，干嘛要我去？"

"拜托你，"他打断了我，"我等你。"

"好吧，"我没多想什么，就随口说了，"可以帮我个小忙吗？"

"看情形……"

"跟那些岗哨还有巡逻队打个招呼，说我等下会通过。我刚刚回家的时候，觉得你的手下有点太紧张了。"

"你还是开白色的福特？"

"对。"

"我会交代下去。"

我挂下电话，望着话筒好一会儿，对这通电话的性质和纳威德深不可测的声音很好奇，然后就穿上拖鞋，到浴室洗脸。

　　急诊室的天井里停有两辆警车和一辆救护车，这几辆车的旋转警示灯交互射出光亮。医院经过白天的骚动，现在已经重拾养老院般的缓慢步伐。身着制服的警察四下守候，有的紧张到猛吸烟，有的则在车上无所事事。我在停车场停好车，朝接待处走去。夜晚已经变得凉爽了一点，从海上吹来一阵怪异的微风，混着微甜的浊味。我认出纳威德·瑞内巨大的身躯，他站在台阶上。十年前他受训时出过一场意外，让他的腿少了四公分，所以他的肩膀很明显地往右腿处倾斜。当时反对他进行截肢的就是我。那时候我才刚因一系列成功的处置，轻而易举晋级为外科专科医师。纳威德·瑞内是其中一个跟我走得最近的病人。的确，他是铁石心肠没错，幽默感也不怎么样，可他语不惊人死不休。我一开始知道有关警察的黄色笑话，就是他告诉我的。后来我还帮他母亲动过刀，使得我们更加亲近。从那以后，只要他有同事或亲戚上手术台，他都会交给我。

　　在他的后方，伊兰·罗斯医生则靠在正门的门口。接待大厅的光线使得他的轮廓更加粗犷。他双手插在医生袍口袋内，顶着个大肚腩，心不在焉地看着地上。

纳威德从台阶上走下来跟我碰面，双手也插在口袋里。他的眼神回避着我。就他这种态度看来，我猜想今天晚上可能会很难熬。

"好吧，"我跨了一大步说道，好甩掉挥之不去的不祥预感，"我马上上去换衣服。"

"不用了。"纳威德对我说话的声音竟然微微发抖。

他以往带着躺在担架上的同事进来医院的时候，就经常会摆出这一副快崩溃了的样子。但今晚他神情之严肃，更甚以往。

冷颤先从背部开始窜升，接着就悄悄蔓延，扩展到我胸膛。

"病患没救了？"我问。

纳威德终于抬起眼睛，眼光落到我身上。我很少见过这么不幸的眼神。

"阿敏，没有什么病人。"

"没病人？既然没病人要动手术，那你干嘛三更半夜把我从床上挖起来？"

纳威德似乎不知从何说起。罗斯医生好像因为纳威德那种非常为难的态度，也变得奇怪起来，开始用一种令人不快的方式扭来扭去。我盯着这两个人，他们两人在这里神神秘秘，现场局促不安的感觉也在逐渐增强，这下我光火了。

"有没有人能跟我解释一下究竟是怎么回事？"我说。

罗斯医生腰部一挺，离开原本他背靠着的墙面，走回柜台，那边有两名护士正盯着计算机屏幕瞧，一看就知道她们对病患状况一筹莫展。

纳威德鼓足勇气，问我："丝涵在家吗？"

我双腿差点一软，但我很快又重新站直。

"为什么这样问？"

"阿敏，她在不在家？"

他刻意摆出语气坚定的样子，但眼神已经露出了惊慌。

一座冰山刺穿了我的五脏六腑，卡在我的喉咙，我的喉结也妨碍我吞咽口水。

"她还没从外婆家回来，"我说，"她三天前去坎纳村，就在拿撒勒附近，去探望家人……你打算说什么？你现在想说些什么？"

纳威德往前走了一步。他的汗臭味害我头昏脑胀，也使得正在侵袭我的困惑感变得更加剧烈。我这位朋友此刻不知道该把双手搭在我的肩膀上，还是继续垂在自己身边。

"可恶，到底怎么回事？你是不是想要我做最坏的打算？是巴士吗？丝涵搭的那班巴士在路上出了问题？车翻了，对不对？你就是要告诉我这个。"

"与巴士无关，阿敏。"

"那究竟怎样？"

"我们这边有具尸体，想辨识出是谁。"我背后突然冒出一个矮胖的冒失鬼。

我猛地转向纳威德。

"我认为应该是你太太，阿敏，"纳威德终于松口，"可是我们需要你才能确认。"

我觉得自己快崩溃了……

有个人扶住我的手肘，以免我倒下去。就那么一秒钟的时间，我赖以遵循的准则，整个消失殆尽。我再也不知道自己身在何方，甚至连庇护我漫长外科医生生涯的高墙都认不出……扶着我的那只手引导我朝着一道逐渐消逝的走廊前进。走廊的光线好白，白到剪断了我的思绪。我彷佛行走在高高的云端上，双脚却深陷地面。我像死刑犯上断头台一般来到太平间。有个医生守护着祭坛……祭坛上盖着一张血迹斑斑的污秽罩……在那张被血迹弄脏了的罩布下面，猜得出来应该是一些人体的残迹……

我突然很怕大家掉过头来看我的眼光。

我的祷告如同来自地底的鬼哭神嚎，不断在我内心回荡。

那个医生等我神志稍微清醒了点，才朝罩布伸出手，找机会向刚刚那个冒失鬼做了个手势，要他掀开罩布。

那名警官点点下巴。

"天哪！"我大喊道。

我这辈子看过许多残缺不全的尸体，我自己就修复过好几十具；有些尸体被破坏得极为严重，甚至到了无法辨识的程度。可是在我面前，就在这张桌子上，支离破碎的四肢，已经超出一般人对"尸体"这个词汇的理解。绝对的丑恶，恐怖至极……只有丝涵的头部保持完整，诡异地逃过了破坏，没有像身体其他部位一样。只见她双眼紧闭，嘴巴半开，脸上线条平静，好似已然从痛苦中解放……她看起来好像睡得很安稳，彷佛会冷不防地睁开眼睛，朝我微笑。

这一次，我的腿终于瘫软了，那只不知名的手来不及扶住我，纳威德的手也没能抓住我。

第三章

我开刀的时候失去过一些病人。像这种挫败，我们身为医护人员不可能完全无动于衷。然而，这种痛苦还不止于此，我还得向在急诊室外屏息以待的死者亲属宣布这个可怕的消息。我这辈子永远都会记得我走出手术室时，家属担忧的眼神。这是一种既强烈又遥远的眼神，满载希望与恐惧，永远是这种眼神，诚如寂静般无垠与深沉。在这一刻，我往往会信心尽失，我担心自己所说的话会惊吓到他们。我不知道为人父母者如何承受这种打击？当他们意识到奇迹并没出现的时候，第一个想到的又是什么？

今天轮到我自己承受这种打击。覆盖在丝涵遗骸上的那块罩布被掀开的那一瞬间，我还以为天空坍塌在我身上。然而，奇怪的是，我当时脑里一片空白。

我倒在扶手椅上，脑里还是什么都没有，脑袋中一片空白。我不知道我到底是在自己的办公室还是在别人的办公室。我看到挂在墙上的证书，窗上的遮帘拉了起来，走廊上有影子来来回回，可是这些人物和景物彷佛是存在于另一个平行世界里的，而我刚刚才被人扔进那个世界里，既无预警，也毫不留情。

我感到自己孱弱不堪、恍恍惚惚、要死不活。

我只能带着沉痛，蜷缩在千斤重担下，没能力说出自己是否意识到所遭逢的重大变故，也没能力说出自己是否已经被这惨痛的不幸给歼灭了。

护士端了杯水给我，然后蹑手蹑脚退了出去。纳威德没在我这待很久。他的手下过来找他，他就垂头丧气地默默跟着他们走了。伊兰·罗斯回去值班。他连一次都没到我这儿来安慰我。过了好久，我才注意到办公室里只有我一个人。我从太平间回来后十分钟，院长伊斯拉·本哈伊姆来了。他疲惫不堪，状况糟透了。他将我搂入怀中，紧紧拥抱我，但他如梗在喉，想不出来该跟我说些什么。然后罗斯就来了，拉着伊斯拉走到一边。我看见他们俩在走廊上交谈，罗斯在他耳边嘀咕了些什么，伊斯拉的头摇得越来越沉重。他现在一定是用背部靠着墙，以免整个人倒下去。然后我就看不到他了。

我听到车子开进天井，车门砰然关闭的响声。不久后回廊里就传来脚步声，伴随着模糊不清的说话声和低声嘟嚷的埋怨声。两名护士推着一个幽灵般的轮床匆匆而过。走廊上充斥着鞋子踩踏地面的声音，这个声音现在已经入侵了我所在的楼层，逐步逼近；好几个满脸严肃的大汉停在我面前。其中一人短腿秃顶，前额突出，从这群人中走了出来。就是那个抱怨说手边有具无名尸体，要我帮忙认尸的冒失鬼。

"我是莫榭队长。"

我的朋友纳威德·瑞内跟他一起，走在他后面两步。纳威德的脸色很难看，一副他控制不了局面，换别人上阵的样子。尽管他的职位比较高，却突然沦为配角。

莫榭队长挥了挥手上的一份文件。

"我们有搜查证，贾法理医生。"

"搜查？"

"你听得很清楚。请你陪我们回家一趟。"

我想从纳威德眼中捕捉到点消息，我朋友却看着地上。

"为什么要去我家？"

队长把文件折了两折，塞进外套内袋。

"根据初步调查结果显示，你太太残缺不全的尸体上的伤口特征，与原教旨主义派自杀式袭击者的伤口特征相同。"

我慢慢搞清楚了这位队长的来意，但没办法理解这样有什么意义。我脑袋里有什么东西卡住了，就跟蚌壳受到外在威胁时会突然合上一样。

现在换纳威德跟我解释："快餐店的袭击事件，并非是由预藏的定时炸弹造成的，而是自杀式袭击者引爆的。所有证据都直指在餐厅里引爆的那个女人就是你太太，阿敏。"

我两腿发软。不过，我没倒下去。愤怒让我站得直挺挺的，要不就是因为放弃。我拒绝再听到任何一个字。我再也认不出这个我存活于其间的世界。

早起的人们赶往火车站和巴士站。特拉维夫自己就这么醒了，比昨日更顽强。无论损害有多剧烈，没有任何灾难会妨碍地球转动。

我卡在警车硬邦邦后座上的两条大汉中间，看着两边车窗外森然罗列的建筑物；有时候，亮着灯的一扇扇窗户会勾勒出几幕一闪而过的皮影戏。一辆卡车的隆隆声沿街回荡，犹如沉睡中的怪物被打扰后所发出的咆哮，然后街头便又重新陷入工作日清晨令人头昏眼花的寂静之中。有个醉鬼在广场中央张牙舞爪，可能是想要甩掉身上的跳蚤，免得被跳蚤生吞活剥。红灯前有两名维持秩序的警察在当班，跟变色龙一样眼观八方。

车厢内一片沉默。司机与车，人车一体。开车警察的肩膀很宽，脖子短到简直就像被杵子锤过。他只有从后视镜扫视过我一次，目光令我不寒而栗……"根据初步调查结果显示，你太太残缺不全的尸体上的伤口特征，与原教旨教义派自杀式袭击者的伤口特征相同。"我有预感，这段意想不到的话会纠缠我一辈子，至死方休。这段话在我脑海中不断出现，起初是慢动作，接着，这段话好像受到自己暴行的哺育，开始有恃无恐地占据我全身上下每寸肌肤。纳威德警官的声音持续向我袭来，斩钉截铁，绝对清楚他这番发言的性质有多严重："在餐厅里引爆的那个女人……那个自杀式袭击者就是你太太……"这个令我作呕的声音正在暴动，有如晦暗的波涛翻腾搅扰，吞没了我的思绪；我心里有万千个不相信，全都被这个令我作呕的声音给打碎了，然后这个声音又蓦地一下子就退了潮，把我整个人的存在都给带走了。我身陷痛苦，还来不及看清楚事实，这个声音又带着锋利的刀刃再度遽然出现，嗡嗡乱响，它彷佛激动到口吐白沫，因为我惶惶不知所措而狂怒不已，彷佛想把我一根纤维一根纤维地给拆了似的对我猛攻，直到我整个人分崩离析才肯罢休……

我左边那位警察摇下车窗。大量的新鲜空气迎面而来，海水的腐臭味令人想起臭鸡蛋。

夜晚正待拔营离去，城外的黎明已经不耐久候。从建筑物间的缝隙望去，可以看到脓一般的白色斑纹正有条不紊地把东方的地平线撕裂。真是令人沮丧的一夜，这模糊不清、令人震惊、充斥着死亡噩梦与不确定性的一夜，它终于退了下去。

天空中并无一丝浪漫残余，没有一朵云彩打算让即将诞生的璀璨白日变得温和一些。白日的光亮自诩为天启，却温暖不了我的灵魂。

街坊邻居对我冷漠以待。我家门口停着一辆囚车，数名警察站在我家铁栅大门边，另一辆警车有一半的车身停在人行道上，红蓝两色的警示灯还在闪亮着。好几个烟头在黑暗中闪烁，好似发得正旺盛的青春痘。

他们让我下了车。

我推开铁栅门，进入花园，登上台阶，拾级而上，打开家门。我神志清楚，却又巴望着会清醒过来。

警察们很知道自己该做些什么，穿过玄关冲了进去，蜂拥抢入各个厅室，展开搜索。

莫榭队长对我指了指客厅的沙发。

"你跟我，我们可以面对面谈一谈吗？"

他带我往沙发那边走去，举止有礼却很坚定。他非常清楚自己的警官身分，努力表现出符合这种权位的高度，展现出来的却是一种欠缺可信度的奉承迎合的态度。他其实是一个完完全全的掠食者，他的猎物已经孤立无援，现在的情况有点像猫咪正在戏弄老鼠，在猎物被一口吞掉之前，刻意延长戏弄的乐趣。

"请坐。"

他从烟盒中拿出根烟，指甲轻轻叩了两下，紧紧含在嘴角。用打火机点燃后，朝我这个方向吐了口烟。

"不介意我抽烟吧？"

他又抽了两三口，一路看着烟雾呈螺旋状往上卷，直到抵达天花板为止。

"她真的完全出乎你意料吧，不是吗？"

"你说什么？"

"抱歉，我想你应该还没从震惊中恢复过来。"

他的眼睛掠过悬挂在墙上的照片，在墙角来回巡视，扫过厚重的窗帘，四处流连了一番，接着就转回来紧紧盯着我。

"怎么能放弃这种奢侈呢？"

"什么？"

"我在想，"他提高嗓门，边挥着烟以示抱歉……"我尝试着想要去了解，但有些事情我永远也不会明白。实在太荒谬了，实在太愚蠢了……依你之见，难道真没机会劝她打消这个念头吗？你当然知道她在搞什么小把戏，不是吗？"

"你对我说这些是什么意思？"

"我的意思清楚得很……别这样看我。你该不会想让我相信，你什么都不知道吧？"

"你指的是什么？"

"指你的太太，医生，指她刚刚惹出来的事端。"

"不是她。不可能是她。"

"为什么不可能是她？"

我没回他，只顾着以双手抱头，好恢复神志。他制止我，用他那只空着的手，抬起我下巴，正视我的眼睛。

"医生，你是个虔诚的伊斯兰教徒吗？"

"不是。"

"你太太呢？"

"不是。"

他皱起眉毛。

"不是？"

"她不祷告，要是你说的虔诚是指这个意思的话。"

"这就怪了……"

他半边屁股坐在我对面那张椅子的扶手上，翘着二郎腿，手肘撑着大腿，大拇指和食指轻轻托住下巴，因为烟的关系，眼睛眯了起来。

他浑浊的眼睛使劲盯着我看。

"她不祷告？"

"不祷告。"

"不遵守斋戒？"

"遵守。"

"啊！"

他用手指顺着鼻梁摸，还是死盯着我的眼睛。

"总之，是个顽固的宗教分子……但故意装出另一个样子来混淆视听，这样才能偷偷在其他地方推动武装抗争。她确定是躲在某个慈善机构或类似的团体里面行动，这些地方是最佳掩护，万一捅出什么娄子，很容易脱身。可是所有的志愿服务背后，永远牵扯到庞大利益；脑袋灵光的人可以从中捞到好处，头脑简单的人则以为自己做慈善以后就可以上天堂。我多少知道一点，职责所在嘛。我原本以为已经探到人类愚蠢的底线，可我发现自己才沾上点边儿……"

他对着我的脸吐了口烟。

"依我看，这些浑蛋都是自找的。为了引起大家注意，什么事都干得出来。"

"我太太跟这些人一点关系都没。这是个可怕的误解。"

"怪了，医生。每次袭击过后，我们去找这些疯子的亲属，他们都是这么说的，全都摆出一脸茫然的样子，跟你一样，一副完完全全因为这些事件而惊慌失措的德性。这是你们的上级下达的统一指令吗？为了争取时间？还是说只是想把别人当傻瓜耍？"

"队长，你搞错方向了。"

他先用手势要我冷静，然后继续向我开炮。

"你昨天早上去上班的时候，她怎么样？"

"我太太三天前就去了坎纳村的外婆家。"

"所以说，你已经三天没看到她了？"

"对。"

"可是你有跟她通过电话？"

"没有。她手机忘在家里，她外婆家又没电话。"

"她外婆总有名字吧？"他边问，边从外套内袋里掏出了个小本子。

"哈娜妮·谢达。"

莫榭队长记了下来。

"你送她去坎纳村的？"

"没有，她自己去的。星期三的时候，我送她到巴士总站。她坐 8 点 15 分开往拿撒勒的那班车。"

"你看到她的巴士开走？"

"对。巴士一离站，我也就离开了。"

两名警察从我书房出来，抱了一叠档案夹。第三个紧随其后，胳臂上抱着我的电脑。

"他们把我的档案全拿走了。"

"看完以后就会还你。"

"这些是机密文件，我病人的数据。"

"很抱歉，可是我们得亲自检查。"

我听到房门砰砰响的声音，翻箱倒柜声接二连三，我的抽屉和家具在哀嚎。

"你搞错了，队长。你指控我太太的这些事情，完全都跟她没关系。她之所以会在那家餐厅出现，跟其他人完全一样。丝涵刚出远门回来都不喜欢下厨。她去那边安安静静地吃点东西……就这么简单。我跟她一起生活 15 年了，她所有的秘密我都知道。我知道她是什么样的人，她不可能隐瞒我任何事。"

"贾法理医生，我也娶了个非常棒的女人。我曾经是那么的以她为傲。我后来花了7年的时间，才搞清楚原来她对我不贞，而这是身为男人最该了解的事。"

"我太太没理由骗我。"

队长四处寻找可以扔香烟的地方。我指了指他背后，那儿有张小玻璃桌。他吸了最后一口，比前面几口都长，然后在烟灰缸里使劲把烟屁股拧熄。

"贾法理医生，就算是一个身经百战、历尽考验的战士，永远也不可能真的脱离险境。生命里面到处藏污纳垢，永无休止，生命是一条布满陷阱和狗屎的冗长隧道。无论你跳着蹦着或是停在原地，都无法改变什么。只有一个方法能让你通过种种试练，走到尽头：日夜做好最坏的心理准备……你太太到那家餐厅不是为了填饱肚子，而是为了把那间小破餐厅塞满炸药……"

"够了！"我听得很烦，站起身来，大声嚷着，"一个钟头前，我才接获我太太在一家遭到恐怖袭击的餐厅中丧命的噩耗，紧接着又有人告诉我说，那个自杀式袭击者就是她。对一个身心俱疲的人来说，实在是太过分了。先让我哭个痛快，然后再来跟我说这些，拜托你，别逼我同时面对惊恐和伤悲这两种情绪。"

"贾法理医生，麻烦你坐好。"

我恼怒地推了他一把，害他差点往后栽到背后的小玻璃桌那儿。

"少碰我。我不准你把手放在我身上。"

莫榭队长很快就恢复镇定，继续想办法让我冷静下来。

"贾法理先生……"

"我太太跟这次的杀戮事件毫无关联。可恶！这可是自杀式袭击啊！不是夫妻打架！她是我太太呀！她已经走了！在这间该死的餐厅被人害死了。跟其他人一样。跟其他人一起。我不准你玷污她留给我的回忆。她是个好女人。非常好。跟你想要栽赃的事情完全相反。"

"目击证人……"

"什么目击证人？他究竟记得什么？难道他记得炸弹是我太太带进去的？还是记得她的外貌？我跟丝涵已经共同生活了15年，对她了如指掌。我知道她做得出什么事来，还有她做不出什么事。她的双手白皙纯洁，那怕再小的污点也逃不过我的眼睛。不能因为她伤得最重就怀疑她。如果这就是你的假设，伤势严重的一定还有别人。我太太受伤最严重，因为她最靠近爆炸点。爆炸装置不在她身上，而是离她很近，很可能就藏在她坐的那张椅子或桌子底下……据我所知，你这么严重的指控，背后完全没有官方的正式报告作为依据；何况，调查初步结果未必就是最后定论。我们就等着主使这次事件的人出面承认，一定会有人出来声称是他们犯下了这次袭击事件，他们可能会暗中把录像带寄给你或寄给媒体。真有自杀式袭击者的话，他们会露面，也会出声的。"

"这些疯子不见得每次都会出现。有时候他们只会发个传真或打通电话就算了。"

"造成那么多伤亡的话，就一定会有人出面。而且每次碰到这种袭击，就会搬出女性自杀式袭击者这套。尤其是如果她入了以色列籍，而且嫁给知名外科医生，这个医生还常常令他居住的城市引以为荣，又是种族融合的最佳典范……我不想再听到你污蔑我太太了，这位长官。我太太是这次袭击的受害者，而不是犯下此案的罪犯。请你离开，而且是马上。"

"你给我坐下！"队长吼了出来。

他的叫声如一刀刺在我身上。

我双腿一软，瘫在沙发上。

我精疲力尽，双手抱头，缩成一团。我累了、倦了、毁了；潮水从四面八方将我湮灭。一阵睡意袭来，力道之强实属罕见；可是我拒绝被这些事情淹没。我不要睡。我怕一次又一次在我梦境的出口处，发现我在这世上最钟爱的妻子已经不在了，我怕发现她已经在一次恐怖袭击中惨遭撕裂身亡；我怕得承担每次梦醒时同样的灾难，同样的浩劫……还有这个对着我咆哮的队长，他为什么不化为尘埃呢？但愿他当场消失，但愿这些在我屋里喧闹的鬼魂变成一阵轻风，但愿来场飓风击破我的窗户，将我带到远方，远离正在吞噬我肺腑、正在混淆我意识的这种忧虑，也远离我心里所充斥的严重疑惑……

第四章

莫榭队长和他的手下让我连续24小时都没合眼。一个接一个，在这间脏兮兮的房里对我展开车轮战。侦讯室是一个类似老鼠洞的地方，低矮的天花板，墙上空无一物，我头顶正上方挂了一颗电灯泡，灯泡持续发出劈啪响的声音，害我都快疯了。被汗水浸得湿透了的衬衫，宛若刺人的荨麻束一般，贪婪地啮食着我的背部皮肤。我饿了、渴了，我好痛，我看不到隧道尽头在哪里。八成是有人架着我去撒的尿，我还来不及拉开拉链，就把膀胱里一半的尿液排在内裤里面。一阵恶心，我差点就一头栽进马桶里。我根本就是被他们拖回笼里的。然后，又是新一波的纠缠不清，一个个问题，一个个敲在桌上的拳头，一次次轻轻拍我的脸，不让我合上眼皮。

每次我因为昏昏欲睡而判断力出错，他们就对我从头到脚一阵猛烈摇晃，并把我交给新来的警官侦讯；而新来的人跃跃欲试，正等着我好大显身手。老是同样的问题，彷佛瘖哑的咒语，在我太阳穴里回响。

我从害我屁股开花的金属椅上翻了下去，我连忙伸手紧抓住桌子，免得猛然摔个四脚朝天，就像断了线的木偶。但我一个没抓稳，脸部猛撞桌角。我应该是帮自己脸上开了一道口子。

"医生，巴士司机已经正式指认了你太太。他看到照片，立刻就认了出来。说她的确是上了他那班于 8 点 15 分开往拿撒勒的巴士。可是一出了特拉维夫，离巴士总站不到 20 公里的地方，她就说有急事要下车，那名司机只好先停靠人行道。重新上路前，他看到你太太搭上另一辆跟在巴士后面的小轿车。就是这个小地方引起他注意。他没记下那辆车的车牌号码，不过他说那是一辆旧款的奔驰轿车，奶油色……医生，以上这番说明对你没什么意义吗？"

"你要我说什么？我的车是新款的福特，而且是白色的。我太太搭巴士的时候，完全没有下车的理由，你那个司机根本就是在胡说八道。"

"针对这一点，他不是唯一一个目击证人。警方派人去过坎纳村。哈娜妮·谢达说她已经有九个多月没看见过她的外孙女了。"

"她一个老太婆……"

"她的侄子，跟她一起住在农场的那位，也是这样说的。所以说，贾法理医生，要是你太太九个多月都没踏进坎纳村一步，那么这三天她都上哪去了？"

这三天她都上哪去了……她上哪去了……她上哪了？警官说的这番话，与深不可测的喧闹声纠缠在一起。我再也听不到他说些什么。我只看到他不断挑眉，等着我上钩；我再也听不进去他嘴巴里吐出来的论据。还有他那双手，挥动着似乎要展示他有多么不耐烦，或者说他有多么的确信……

另一位警官上阵，他那张脸埋在墨镜后面。他跟我说话时，用一根不容我分辩的手指激动地指着我。他的威胁碰上神志不清的我，发挥不了作用。他没待多久，就边骂边走了。

我不知道现在几点，不知道是白天或是黑夜。有人拿走了我的手表。负责问我话的条子也很注意这点，侦讯我之前，就已经先把自己的手表拿掉。

莫榭又来问我话，但是一无所获。在我家中的搜索对厘清事态毫无帮助。他也累了，浑身带着烟屁股的臭味。他面露疲惫，双眼泛红，从前一天起就没刮胡子，整张脸好像歪了，嘴也斜了。

"所有证据都显示，你太太星期三的时候并没有离开特拉维夫，接下来的三天也没有。"

"怎么可以就这样推论她是杀人犯！"

"你们的夫妻关系……"

"我太太没有情夫……"我打断他。

"她犯不着告诉你。"

"我们之间所有的秘密都可以分享。"

"可以分享的秘密，就不是真正的秘密。"

"队长，她没搭上巴士，一定会有理由的，但不是你想的那样。"

"医生，请你讲讲道理哪怕一秒钟就好。你太太骗了你，让你相信她是去拿撒勒，其实你一转身，她就掉头回到特拉维夫。从头到尾她都在骗你。"

"队长，骗人的是你。你故意说假话想套出真话。但我才不吃你虚张声势的这套。你大可没日没夜地不让我睡，但甭想让我说出你们想听到的话。你们得想办法另找他人来给她扣上这顶大帽子。"

莫榭队长一生气，便离开到走廊上去了，过了一会儿才又回来，前额皱成一团，下巴紧缩，好像纠缠在一起的滑轮组。他呼出来的气息围绕在我身旁，他已经濒临爆发边缘了。

他用手搔抓着脸颊，发出可怕的摩擦声。

"最近这段时间，你完全没发现你太太的行为有任何怪异的地方？这叫我如何相信？除非你们没住在同一个屋檐下。"

"我太太不是伊斯兰极端分子。我得跟你重复多少遍？你搞错方向了。让我回家。我已经两天没睡了。"

"我也没睡，没把这件事搞个水落石出之前，我没合眼的打算。局里鉴定科的结果不容置疑：你太太是被她身上所携带的炸药给炸死的。有个证人，他坐在餐厅外面，只受了点轻伤，他说他看到一个孕妇，就坐在小学生的庆生会附近。他想都没想就认出了这个女人的照片，就是你太太。可是你又说她没有怀孕。从你们在这一区安顿下来之后，邻居也不记得曾经看见她怀过孕。关于这点，尸体解剖也相当明确：没有怀孕。那么你太太肚子怎么会那么大？如果不是该死的炸弹，她衣服底下会是什么？这可是害死了十几条人命，炸了十几个只知道蹦蹦跳跳的小朋友的惨事啊！"

"等等看会不会有出面承认犯罪的录像带……"

"才不会有录像带。我个人才不在乎什么录像带，我完全不在意。困扰我的是别的东西，令我感到不舒服。我一定要查清楚的是，为什么这一个深受周遭人士喜爱的女人，美丽又聪明，还很时髦，又是完美的族群融合典范，老公也对她宠爱有加，她的朋友大多数都是犹太人，而且人人称赞她……这么样的一个女人怎么会在一夜之间，在身上绑满炸弹，跑到公共场所，犯下这样的罪行？以色列政府诚心诚意接纳阿拉伯裔人士成为公民，她的行为却让政府不得不怀疑自己的政策有没有问题。你想象得出这种情况有多严重吗？贾法理医生？我们固然可以预知外族人难免会有二心，但没想到是这种性质的。你们夫妇俩的一切我都调查得清清楚楚：你们的交友，你们的习惯，你们的小毛病。结果呢？整个调查都把我给吓住了。每一天，本市所赐给你们的特殊待遇，我，身为犹太人和以色列的武装部队成员，所接受的待遇还不如你们的三分之一。这我可不明白。实在是太不可思议了。"

"队长，别企图趁我身心状态不佳来套我的话。我太太是无辜的。她跟原教旨极端分子绝对毫无瓜葛。她从没见过那些人，也从来都没提起过那些人，连做梦都没梦过。我太太去这家餐厅吃午餐。就是吃午餐。不多也不少，就这样而已……现在，放过我吧。我快累死了。"

说到这，我双臂交叠在桌上，头枕在手上，睡着了。

莫榭队长一而再、再而三地对我问了又问……到了第三天，他打开老鼠洞大门，指着走廊给我看。

"医生，你自由了，可以回家去重新过正常的生活，如果有可能的话……"

我拿起外套，沿着回廊蹒跚往前行，回廊上有好些穿着衬衫的警官，袖子卷起，领带松开，看着我不发一语。他们好像狼群，眼睁睁看着原本已经到手的猎物慢慢走开。柜台后有个一脸激愤的人将手表、钥匙串和钱包还给我，让我签了张收据，并从我和他相隔的那个小窗口里，向我射出一道冷酷的目光。有人护送我到这幢大楼的出口。

我的脚一踏出大楼，日光便向我袭来。天气晴朗，偌大的太阳照亮了城市。车水马龙的噪音将我带回活人的世界。我在台阶上多站了一会儿，望着街上熙来攘往的汽车跳着它们日常的交通芭蕾舞，舞姿中间不时插入喇叭的声响。街上的人不多，这一带好像被人遗弃了似的，立在路旁的行道树也似乎站得有点心不甘情不愿的，在周遭围观晃荡的闲人跟他们自己的影子一样哀伤。

阶梯下方，有辆大车的引擎还在空转，纳威德·瑞内用手握住方向盘。他一脚跨在车外，一肘撑在车门上，等我走过去。我立刻就懂了，他已经知道我被释放的事情。

我走到他身边，他皱起眉头。因为我有只眼睛肿了。

"他们揍你了？"

"我自己摔倒的。"

他不相信。

"是真的。"我对他说。

他没再问下去。

"我载你回家吧？"

"我不知道。"

"你现在的状况这么糟，得先洗个澡，换一下衣服，还有吃点东西。"

"极端分子的录像带寄来了没？"

"什么录像带？"

"袭击的录像带。到底知道谁是自杀式袭击者了没？"

"啊……"

我退后一步，避掉他伸出来的手。我再也无法忍受别人把手放在我身上，就连安慰我也不行。

我的眼神对上这个条子的眼睛，然后就死盯着他不放。

"就是因为你们确定我太太跟这件事毫无关联，所以才会放了我。"

"让我送你回家吧，阿敏。你需要恢复元气，现在这才是最要紧的事啊。"

"既然你们把我给放了，纳威德，你说说看啊……既然你们把我给放了，那是因为……你们究竟发现了什么，纳威德？"

"发现你。发现你跟这件事毫不相关。阿敏。"

"只有我？"

"只有你。"

"那丝涵呢？"

"你得先付罚款才能领回她的遗体。规定。"

"罚款？什么时候开始有这种规定的？"

"从有极端的自杀式袭击者开始。"

我摆了摆手，示意他别说了。

"纳威德，丝涵不是自杀式袭击者，拜托你记清楚，因为这是我在世上最在乎的一点。我太太不是杀小孩的刽子手……你懂我意思吗？"

我把他留在原地，然后就走了。但我不知走去哪。我再也不想要别人送我回家，我再也不需要别人把手搭在我肩上。我谁也不想看到，我不想看到别人，别人也不想看到我。

我在一块石板上，面对着大海；夜，骤然来了。我对自己白天做了些什么毫无印象。我应该是在某个地方睡着了吧。被囚禁的这三天三夜，差点把我全身都给拆了。我的外套不见了，八成是忘在路边的长椅上，要不就是有人从我身边把它给摸走了。我裤子靠近裤头的地方有一大块污渍，衬衫也被呕吐残渣给弄脏了。我依稀记得曾在天桥下吐过。但我是怎么会拖拖拉拉地到了这块俯瞰大海的大石板上的呢？我不知道。

一艘驳船在辽阔的海上闪烁出光芒。

稍近处，海浪疯狂扑向岩石。海浪拍石的声音在我脑袋瓜里轰隆轰隆响，好似致命的一击又一击。

微风让我清醒。我抱着腿蜷成一团，下巴使劲塞到双膝之间，聆听着浪涛。慢慢地，我的眼睛蒙上雾气，我的呜咽征服了我，哭声争相在我喉咙推挤，接着引发了我全身上下的颤动。我用两只手捂着脸，啜泣又啜泣，然后就像失心疯似的，在震耳欲聋的波涛声中放声狂嚎了起来。

第五章

　　有人在我家的铁栅门上贴了一张海报，其实不能说是张海报，而是一张大尺寸的日报头条版面。上面有张大大的照片，照片上是一家遭恐怖分子袭击的餐厅里血腥、混乱的场面，上头斗大的字写着：没人性的畜牲就在我们中间。标题横跨三栏。

　　街上空无一人。街灯发出微弱的光，街灯照射范围内有一圈苍白光晕。住我对面的邻居窗帘紧闭。还不到 10 点，所有窗户都已经紧闭。

　　莫榭队长和他的手下在搜索时，搞起破坏毫不手软。我的书桌被翻得乱七八糟。房间也乱成一团。床垫整个翻覆，床单掉在地上，床头柜和五斗柜更惨遭亵渎，抽屉翻倒在地毯上。我太太的内衣散落在拖鞋和化妆品之间。我的画被卸了下来，因为他们想看看裱褙的后面有没有藏什么东西。就连一张全家合照的老照片也被人用鞋子踩过。

我觉得既没力气、也没勇气到其他房间去评估损失。

衣柜镜子反射出我的倒影。我认不出自己：乱发蓬松，形容枯槁，满脸胡渣，两颊凹陷，跟疯子没两样。

我脱掉衣服，放了洗澡水，在冰箱找到食物，像只饥饿的野兽般扑了上去。我双手脏兮兮地就站着吃了，一口吞下肚，一个接一个，贪婪得可悲。我清空一篮水果，两份冷盘，一口气喝光两瓶啤酒，然后一根根舔着我那滴着酱汁的十根手指头。

等我再度回到镜子前面，才发现自己一丝不挂。我不记得结婚后，自己曾经在家光着身子晃过。丝涵有好多严格的原则。

丝涵……

如此遥远，这一切！

我整个人浸到浴缸里，让热水洗涤我这具行尸走肉。我闭上眼睛，让自己慢慢在逐渐战胜我的滚烫昏沉中溶解……

"天哪！"

晶恩·耶胡达站在浴室里，满脸难以置信。她左看看，右看看，轻拍双手，不敢相信自己所看到的这一切。接着她用力转身，对着墙上的小柜子，在里面翻了半天想找毛巾。

"你在浴缸里面过了一夜？"她大喊，既震惊又愤怒，"真该死！你脑袋长到哪去了？你搞不好会淹死。"

我睁不太开眼睛，可能是因为光线的关系。我发现自己在浴缸里睡了一夜。在我睡着的这段期间，水已经冷了。我的四肢动弹不得，僵硬得像木头；我的大腿、前臂一片青紫，我还发现自己的牙齿在不停打颤。

"阿敏，你干嘛把自己搞成这样？站起来，马上给我从里面出来。我光看你就快冷死了。"

她扶我站了起来，用浴袍裹住我，用力把我从头擦到脚。

"真不敢相信，"她又说了一次，"你怎么会睡在淹到脖子的水里面？你自己想想看啊！我今天上午就有预感告诉我，要我在去医院之前，一定要先绕过来这边瞧瞧……你一被放出来，纳威德就打电话给我了。我昨天就来过三趟，可是你没回来。我还以为你去了亲戚或朋友家呢。"

她送我回房，把床垫放回床上，让我躺下。我四肢抖得越来越厉害，下巴可能会有碎裂之虞吧。

"我去帮你准备热饮。"她边说，边拉过一条毯子，帮我盖上。

我听到她在厨房里忙东忙西，还问我什么什么东西放在哪里。我的嘴巴脱离了我的控制，自己在那儿打颤，让我连半个字都说不出来。我在毯子下缩成一团，呈胎儿姿势，把自己蜷成小小一团，但愿这样能让我稍微暖和一点。

晶恩帮我端来一大碗花茶，我抬起头，把这碗冒着热气的甜饮吞入口中。白色熔岩从我胸口分流而下，肚子也跟着变得热乎乎起来。

晶恩很受不了我这样直打哆嗦。

她把碗放在床头柜上，调整好枕头，要我再躺回去。

"你什么时候回来的？三更半夜还是一大清早？我发现铁栅门没上锁，大门也开着，我立刻就担心可能已经发生最糟糕的事情……外人有可能闯入。"

我找不出话来回她。

她向我解释，说她中午前要帮一个病人开刀；她接着打电话给帮忙打扫的大妈，要她再回来我这里打扫，可是打了好几次都碰上答录机，最后只好留言。她担心扔下我一个人没人照料，苦思着该怎么解决，但是想不出来。她稍微镇定了一点后，帮我量了体温，准备好吃的，就说她要先离开了，但保证一旦可以脱身，就马上会过来我家。

我没看到她离去。

我应该是已经又睡着了……

铁栅门吱吱作响，吵醒了我。我掀开毯子，走到窗户边，看见两个青少年在我家花园里探头探脑，胳臂下夹着好几卷纸张。草皮上，铺满了几十张从报纸上剪下来的照片，我家对面还有一群好事的路人聚集着围观。"走开，"我喊道。我打不开窗户，于是冲到花园，把他们俩赶回街上。我光着脚，头又痛得要命。

"臭恐怖分子！浑球！没良心的阿拉伯人！"

谩骂声不绝于耳。来不及了，我整个人已经冲进一群愤怒的群众当中，有两个大胡子朝我吐痰，好几双胳臂朝我乱推。"你们这群人，就是用这种方式说谢谢吗？下流的阿拉伯坏胚子？有只手把你们从大便里拯救出来，你们竟敢反咬那只手！"好多个影子在我身后掠过，不让我转身逃走。一口口水吐在我脸上，还有只手揪住我睡袍的领子……"臭杂碎，看看你自已占据的这栋豪宅。你到底懂不懂得什么叫做感恩啊？"四面八方都有人在推我。"我们杀他之前，还要先把这个脏鬼消毒才行呢！"我的肚子挨了一脚，我弯了下去，另外一脚又把我给踢得站直了起来。有人打裂了我的鼻子，接着是我的嘴唇。我的手臂不足以保护自己。拳打脚踢如暴雨般向我袭来，我双腿一软……

晶恩发现我横躺在花间小径正中央。攻击我的人一路追进我家花园，继续对我饱以老拳了好长一段时间才把我扔在地上。他们眼冒怒火，口吐恶言，我还以为他们会动用私刑将我处死。

没有任何一个邻居伸出援手，没有任何一个基督徒灵魂想到要报警。

"我载你去医院。"晶恩说。

"不，不要去医院。我不想去那。"

"你好像有骨头断了。"

"求求你，别这么坚持。"

"总归一句，你不能待在这。他们会把你给宰了。"

晶恩想办法把我弄进房里，帮我穿上衣服，扔了几样东西到我袋里，将我安置在她车上。

那几个乱蓬蓬大胡子不知道从哪又蹦了出来，八成是负责把风的去向他们通风报信。

"让他去死，"其中一人向晶恩喊道，"他是个浑蛋……"

晶恩全速发动，我们像扫过地雷区的疯狂赛车那般冲出我家。

晶恩直接载我到雅法附近的一家诊所。X光片显示并没骨折，可是我的右手腕和膝盖严重受伤。护士把我手臂上的割裂伤口消毒，又用海绵擦干净我撕裂的嘴唇，清洁挫伤的鼻孔。她还以为是醉鬼打架，所以动作里充满了哀怜的意味。

我瘸着一条腿离开诊疗室，手上还缠着一大包绷带。

晶恩要我搭着她的肩膀，不过我宁愿撑着墙。

她带我去她位于耶路撒冷大道上的家，那里是她以前跟前男友同居时所买的阁楼。我经常跟丝涵一起到这来欢庆喜事，或跟朋友度过愉快的夜晚。丝涵和晶恩这两个女人处得不错。虽然我太太称得上是保守，随时都很注意言行举止，可是晶恩才不管这些繁文缛节，她喜欢接待客人和举行聚会。自男友负心离去，晶恩走过了哀伤之后，她就更常在家里宴请友人前来欢聚。

我们上了电梯，有位老奶奶跟我们一起搭到三楼。在五楼，有只小狗被狗链拴在最里面的那扇门上，小狗等得心焦不已。这只狗是一个女邻居养的，狗只要一长大，她就置之不理，另外再找一只；这在她家是司空见惯的做法。

晶恩开个门锁就开了个半天，她一紧张就会这样。她只要一脸不耐烦，双颊凹陷处就会出现酒窝。她发的小脾气奏效了，正确的钥匙终于出现了，她开门后让到一旁，让我先进去。

"把这当成自己的家。"她说。

她帮我脱下上装，挂在玄关，下巴比了比，要我去客厅，那儿有一张藤椅和一张皮面都磨损了的旧安乐椅，两张椅子彼此相对。一幅巨大的超现实主义画作占了一半墙面，看起来却像是一个被血红和碳黑这两种颜色所迷惑的好动儿童画出的涂鸦。锻铁铸造的小圆桌则是晶恩从周末最喜欢去的旧货商女店东那找来的宝贝，上面摆着几个陶土小玩意儿，还有个塞得满满的烟灰缸，跟骨灰坛似的，此外还有张全版报纸……报纸翻到我太太照片的那一版。

晶恩连忙冲过去。

我抓住她的手。

"不要紧。"

她虽然不明白我为何这样，不过她还是收起报纸，扔进垃圾桶里。

我坐在安乐椅那边，靠近落地窗，面对着满是花盆的阳台。公寓视野辽阔，整条大道看得一清二楚。路上熙来攘往，交通繁忙。黄昏已经褪下外衣，黑夜热闹滚滚地宣告上场。

晶恩和我在厨房用餐。她小口小口地吃着，我则食不知味。报纸上的那张照片在我眼前挥之不去。好几百次，我都想问晶恩，她对这个遭记者发了疯似的精心炒作的事件有何看法；好几百次，我都想捧着晶恩的下巴，直盯着她的眼睛，非要她说出她真的怎么想不可。我要晶恩凭着灵魂，摸着良心说：丝涵·贾法理，我太太，那个跟她分享了那么多事情的女人，她做得出来身怀炸弹，跑到庆祝活动中间去引爆这种事情来吗？可是我又不敢故意利用晶恩的体贴……同时，在我内心，我又祈求她什么都别说，也祈求她别拉着我的手以示同情。太多的好意，我承受不起……我们像现在这样就很好，沉默让我们不用陷自己于心口不一。

她静悄悄收好桌子，端了杯咖啡给我。我跟她要根烟。她皱起眉头，因为好几年前我就已经戒烟了。

"你确定？"

我没回答。

她整包递给我，接着又递过来打火机。最初几口烟让我脑袋为之一醒，接下来就害我头晕眼花。

"把灯光调暗一点，好吗？"

她关掉天花板上的吸顶灯，开了台灯。室内变得比较阴暗，这样降低了我的忧虑。两个钟头后，我们依然维持同样姿势，面对面，双眼出神，游走于思绪之中。

"该上床睡觉了，"她下达命令，"我明天得忙一整天，困死了。"

她把我安置在客房。

"这样可以吗？要不要别的枕头？"

"晚安，晶恩。"

她先洗了个澡，然后才关了她房里的灯。

后来，她还过来看我睡了没。我假装已经睡着了。

一个礼拜过去了。在这段期间内，我没踏进我家一步。晶恩供我吃住，还小心翼翼不勾起我的伤心事。就算是炸弹拆除大队的人，面对炸弹时也没像她那么小心翼翼吧。

我的伤口已经愈合，挫伤消肿；先前被打伤的膝盖害我走路时一跳一蹦的，现在也好了。不过手腕仍然缠着绷带。

晶恩不在的时候，我就把自己关在房里，哪也不去。要走到哪里去呢？街上的事情引不起我兴趣，也没必要尝试回复到我的旧生活，更没必要去寻找我熟悉的旧事物了，因为我的心早已经不在那里。我在拉起窗帘的房里才有安全感。在这里面，我没什么好怕的。我的身体并没有完全康复，不过我也没受重伤。我得重新振作起来。老是待在谷底的话，任何人都会受不了。卡在这种僵局里，要是没办法能够迅速恢复的话，恐怕就会完全失去控制了，接着就会变成犹如旁观者一样，冷眼看着自己崩溃下去，而且无法意识到自己即将被无穷无尽的深渊所吞没。

有天傍晚，晶恩建议我前往海边她爷爷家。我说，一切的人和事都已经改变了，而我还没准备好重新和这些人、事、物建立联系。我现在需要退一步，先弄清楚自己到底发生了什么事。然而，我却是整天都关在房里，什么都没想。要不然就是待在客厅靠落地窗那边，把我最清醒的时刻都用来观赏大马路上蠕动的车辆……看归看，却没看进去。唯一的一次，我曾经兴起过跳到方向盘后面的念头，想要漫无目的到处开车，直到把车子的散热器开爆才罢休。只是我连回到医院取车的勇气和力量都没有。

　　等我身体恢复到不用扶着墙便可以自己走路的时候，我就要求去见纳威德·瑞内。我想帮我妻子办一场体面的葬礼。我无法想象她在太平间狭小的冷冻停尸格里，脚趾上还圈着标签。纳威德把一份已经填妥的表格拿给我，只要我签名就可以，省得我无谓地乱发火。

　　我付了罚款，取回我太太的尸体，没告诉任何人。我想用最隐密的方式将丝涵葬在特拉维夫，这是我们初次邂逅的城市，也是我们决定共度一生、直到死亡将我们分离的城市。除了掘墓人和负责礼拜的伊玛目①之外，墓园只有我一人。

_____

① 意为领袖或教长。

我生命中最美好的部分，从此就孤单埋藏在那个坟墓里。当尘土将坟墓完全覆盖起来之后，我觉得稍微好过了点。就好像我达成了一项不可思议的任务。伊玛目诵读的经文我从头听到尾，随后塞了几张钞票到那只假意推托的手中，接着我就回到城里。

我沿着可以俯瞰大海的广场走着。观光客边互打招呼边拍照留念，几对小情侣在树影间互诉衷曲，手牵着手，沿着防波堤散步。我走进一间小酒吧，点了咖啡，坐在靠落地窗边的角落，安安静静地一根接一根地抽着烟。

太阳开始显出低垂的态势。我叫了辆出租车，要司机送我去耶路撒冷大道。

晶恩的家里有客人，没人听到我回来。我在玄关这边，看不到客厅里面。我听出院长伊斯拉·本哈伊姆的声音，还有纳威德的声音，他的声音比伊斯拉的声音呆板多了。另外还有晶恩她哥哥班杰明清亮的声音。

"我看不出有什么关联。"伊斯拉清了清嗓门说道。

"总会有些关联是我们没有怀疑到的，"班杰明说，他一直都在特拉维夫大学教哲学，后来在耶路撒冷加入了一个极具争议性的和平运动团体，"我们经常会犯这种错误。"

"也没这么夸张。"伊斯拉礼貌性地提出抗议。

"以巴双方都有许多人牺牲，这些人可曾让现状变得更好吗？"

"都是因为巴勒斯坦人不肯听我们讲道理。"

"搞不好是我们拒绝聆听他们的心声。"

"班杰明说得没错，"纳威德语气平和地说，他似乎深受班杰明的一番话鼓舞，"极端组织派小孩子在候车室里引爆炸弹，我们还在忙着收尸的时候，我们的政治人物就派直升机把巴勒斯坦的贫民窟给炸飞到半空中。我们政府还来不及宣告胜利，又出现新一波的袭击事件。冤冤相报何时了呢？"

就在这一刻，晶恩从厨房出来，和我在走廊撞个正着。我将手指放在嘴巴上，求她别出卖我，别说我已经回来了，接着我就脚跟向后转，回到楼梯间。晶恩想追上我，可是我已经在大街上了。

第六章

我来到我家附近,宛如出没于犯罪现场的幽灵。我不知道我怎么会晃到这里。从晶恩家溜出来后,我随机冒险,一直走到大腿都要抽筋了,才跳上巴士坐到终点站,并在史巴拉的一家小咖啡馆里用晚餐,再从一个广场晃到下一个广场,浪费掉不少时间,最后终于展开回家的路程。这里是丝涵和我于七年前看中的地方,我们当时坚信,我们所建立的家,会变成见证我们爱情的不朽圣殿。这一区很美、很隐密,豪宅和幽雅的环境都受到小心的呵护。特拉维夫的大富豪都在这边悠闲度日,一些暴发户也在此落脚。有些暴发户是从俄罗斯移民过来的,从他们说话的口音、喜欢对邻居炫耀的癖性就可以认出他们来。丝涵和我第一次经过这里的时候，立即就被吸引。这里的阳光看起来比别的地方更灿烂，铺石的正面立墙、锻铁铸造的栅栏大门，还有那圈笼罩在宅邸院宇的幸福光环：敞开的窗户和漂亮的阳台……这些都曾经是我们的最爱。当年我们原本住在嘈杂郊区一幢没特色的四楼小公寓里，经常为了家务事争吵。我们勒紧裤带，省吃俭用，希望能早日搬离该地，但我们万万没想到竟然会在一个如此豪华的角落放下我们的行李。我永远也不会忘记，当我取下蒙住丝涵的眼罩，让她看看我们的房子时，丝涵的那份喜悦。她整个人从座椅上跳起来，还撞破了车顶灯的灯罩。她简直欣喜若狂，跟个孩子似的，而我则因为实现了她生日那天所许下的最珍贵愿望，也高兴得无以复加。以前只要我在街上稍微逗她一下，她的脸就会羞赧得红如牡丹，那次她却大剌剌当着路人的面，搂着我的脖子亲我的嘴……她推开铁栅门，直冲厚重的橡木大门。她那么迫不及待，害我还把外面铁栅门的钩子给扣错了，我至今还能在脑里听见她喜悦的呼喊声。我又看到她了，展开双臂，在客厅中央转圈，就像陶醉在自己舞姿里的芭蕾舞伶。我拦腰抱住她，以免她兴奋过度；她眼中满溢感激之情，如此的快乐，令我目眩神迷。那天我们将外衣铺在空荡荡大客厅里的地板上，两人情意缠绵，就像两个着迷、困惑、又担惊受怕的青少年，因为初尝肉体爆发的新鲜滋味而飘飘欲仙……

现在应该 11 点了，或许还不到，放眼望去杳无人迹。我在这条街上功成名就，而今它陷入沉睡，街灯看起来了无生气。这间屋子少了动人的情感，变得像鬼屋——笼罩屋子的黑暗让人感到惧怕，你会以为它已经被遗弃了好几个世代。窗板忘了关上，好几片玻璃也破了，花园里尽是残花败叶，还散满了碎纸片。我和晶恩逃离此地的那天，晶恩忘了锁上铁栅门，铁栅门后来被那些不怀好意的访客打开，之后就维持着那个样子。栅门在寂静中轻轻地嘎啦嘎啦作响，好比群魔的悲叹。锁头已经被铁棍硬生生撬坏了，一边的铰链也被拉出来，电铃外的护罩也遭破坏。那些人把剪报贴在我家墙上，象征着大众对我的谴责，而这些剪报被微风轻轻吹动，旁边还有一些可怕的涂鸦。我不在的这段期间，这里发生了好多事……

信箱里有信。除了发票外，还有个小信封，引起了我的注意。信封上没写寄信人，只有一张邮票。信是从伯利恒寄来的。我认出是丝涵的笔迹，心脏都快停了。我冲进房里，打开灯，在放有我太太照片的床头柜边坐了下去。

突然，我僵住了。

为什么是伯利恒呢？这封由坟墓里寄来的信函，到底会带给我什么讯息？我手指颤抖，先往干涩的喉咙吞了好几口口水。一时之间，我想晚点再打开。我觉得自己还没办法再度受辱。自从袭击事件发生后，厄运就如恶狗般跟着我，我现在也不想让自己的处境雪上加霜。我被一股龙卷风吹得虚弱不堪，一切的支撑力量也都被吹垮了。若是现在再出现一个肮脏的把戏，我恐怕没办法撑下去了。但在同时，我又觉得自己连一秒钟都不能再等。我全身紧绷到快要断裂，神经彷佛暴露在外，马上就要完全失效、要瘫痪了。我深深吸了一口气，打开信封——就算我现在割腕，恐怕感觉上也不会比拆开信封这个动作更可怕、更危险。扎人的汗水从我背上淌了下来，我的心跳得越来越快，低沉的心跳声在我脑海回响，整个房间都充斥着令人头晕目眩的回音。

这封信很简短，没有日期，也没问候语。匆匆写在一张从小学生笔记本撕下来的纸上，只有区区数行。

信上写着：

若无法共享幸福，那么幸福又有何用？阿敏，我的爱，只要你没跟着我一起快乐，我的快乐也会失色。你想要孩子，我希望自己配得起生孩子。没有国家，就不会有任何一个孩子可以得享安全……别怪我。

丝涵

纸飞了，从我手里掉了下去。就这么一击，一切瓦解。我所娶的这个女人，无论处境好坏，我承诺永远为夫妻的这个女人，她伴我度过最艰难的时刻，她让我的一切计划锦上添花，她如此甜美的存在填补了我的灵魂。而今我再也找不着她了。无论在我身上或在我记忆中，我都再也找不到她了。相框中所捕捉到的她的一霎那，已是过眼云烟，无可挽回。我掉过头去，无法承受她的影像，那个我原以为是发生在我身上最美好事物的影像。我好像被弹射到悬崖上方，又遭无底深渊吸入。我摇头，我摆手，我整个身心灵都在说不……我会醒的……我已经醒了。我没在做梦。这封信躺在我脚边，实实在在，挑战我所相信的一切，一个接一个地打破了我最不动如山的信念。我依循的终极基准都消失了……不公平……我被警方拘禁了三天，当时的场景依旧历历在目，莫榭队长的声音再度纠缠着我，从他深沉的吼叫声中浮起错综复杂的纷乱影像。在那影像中，不时有几道亮光闪起：我依稀看到纳威德在楼梯下面等我，晶恩帮我拾起走道上的小汤匙，那些攻击我的人想在我自己的花园里将我就地正法……我双手抱头，放任自己陷于令我万念俱灰的无垠厌倦中。

丝涵，我的爱，你写的这算什么？

我们自以为什么都知道，因此，我们放松了戒心，装作一切都很好。随着时间过去，最后我们变得毫不在意，认为凡事就是那么稀松平常。我们信心满满。我们还能更苛求些什么呢？生命朝我们微笑，运气也是。我爱人人，人人也爱我。我们有能力实现梦想，一切顺利，我们受到了庇佑……然后，没任何预警要我们当心，整个天空就朝我们头顶崩落下来。一旦摔了个四脚朝天，我们这才发现，生命，整个生命——生命中的高低起伏，生命中的喜怒哀乐，生命中的承诺与失败——都悬在一根不可靠、感觉不到的细线上，跟蜘蛛丝似的。就这么一下子，哪怕再小的噪音都可以让我们恐慌，使我们不再相信任何东西。我们唯一想要的，就是闭上眼睛，什么都再也不想。

"你又忘了关大门！"晶恩正在训我。

她两手抱胸，站在房间门口。我没听见她来了。

"你刚刚为什么要离开？纳威德和伊斯拉专程为你来的。难道说你连见朋友的面都不能忍受了吗？"

她尴尬的笑容有点僵住。

"哟，瞧你这副脸？"

我的脸色八成很难看，因为她冲向我，拉起我的手腕，检查看看我的手腕是否可以自由活动，"你总不至于割腕吧？真是的！脸上一点血色也没有。你是看到鬼了吗？还是怎样？到底有什么不对？讨厌！你倒是说话啊！你吞了乱七八糟的东西，对不对？看着我的眼睛，要是你吞了什么乱七八糟的东西的话，告诉我。阿敏，你这样糟蹋自己，真的太傻了！"她一边大声叫道，一边在周围找着毒药胶囊或安眠药瓶。"连一秒钟也不能放你一个人……"

我看见她跪下去，她朝床底下扫了一眼，到处摸来摸去……

我向她坦承的声音，连我自己也认不出来：

"是她，晶恩……天哪！她怎么能这么做？"

晶恩暂停了动作。半直起身。她不懂。

"你在说什么啊？"

她看到我脚边的那封信，捡了起来，飞快地扫视。随着她边看信，她的眉毛也一根接着一根慢慢挑起。

"全能的主啊！"她叹气道。

她盯着我。不知道该采取什么行动。一番犹豫之后，还是把我拥入怀中。我依偎在她身边，感觉自己好小，这是十天来的第二次。自从我祖父过世，至今三十多年，从那时候起就没掉过一滴眼泪的我，此刻却像个十岁小孩，大哭出声。

晶恩陪我待到早晨。我醒的时候，发现她在靠我床边的安乐椅里蜷成一团，明显疲惫至极。我们在最没想到会睡着的时候竟睡着了。我不知道是谁先睡着的。我脚上还穿着鞋子呢，外套拉链一直拉到了脖子。怪的是，我反而有大风暴已经过去的感觉。床头柜上的丝涵照片对我丝毫起不了作用；她的笑容消失了，她的注视令我反感。我的哀伤令我沉痛，却没打倒我……

外头一点点、一点点传来声声啁啾，打破清晨的寂静。结束了，我想。在街上，在我脑袋上，太阳升起。

晶恩带我去她爷爷那。老耶胡达住在一幢海边小屋里，他不知道我发生了什么事，这样最好。我需要找回事发之前别人看我的眼光。我不想把沉默当成尴尬，把微笑当成同情。一路上，我和晶恩都避免提到那封信。为了避免说错话，我们只好默默不语。晶恩开着她那辆日产轿车，脸上戴着太阳眼镜，头发在风中飘扬。她端看正前方，双手稳稳握住方向盘。而我看着包着绷带的手腕，尽量想对引擎的轰隆声发生兴趣。

老耶胡达一如往昔，礼貌地接待我们。他 30 年前就当了鳏夫，如今孩子们都远走各地过生活。老耶胡达是个憔悴的老人，脸颊瘦削，历尽沧桑的脸上有一对不灵活的眼睛。不久前他患了前列腺癌，在几个月内就让他形容枯槁。只要有人来看他，他就很高兴。对他来说，有人来访就等于像是可以让他康复的良药。即便自己不想，他却过着隐士般的生活，遭人遗忘在这间他亲手搭建的屋里，一个人陪伴着那些记载纳粹大屠杀的书本和照片。因此，只要有亲朋好友敲他的门，就好像拆除了他地底囚室的大门似的，让一丝亮光照入他的黑夜里。

中午我们三个一起在海滩附近的一家餐馆用餐。美好的一天。除了一朵蓬乱的云正在空中散成丝缕外，整个天空都归太阳所有。沙滩上有三三两两个家庭在闲逛，有的临时起意就地野餐，有的则沿着沙滩散步，海水淹到了小腿肚。小孩子像鸟儿一般，吱吱喳喳地你追我跑……

"怎么没带丝涵跟你一起来？"老耶胡达终于问我了。

我的心脏停止跳动。

晶恩正忙着吞橄榄，措手不及，差点呛到。她原本也担心爷爷会顺口说出这种不合适的话，可是她以为他早就该说了，没想到却等到她放松警惕的时候才说出来。我看到她变得浑身僵硬，满脸通红，好像等待宣判的罪犯，等候我的答复。我用餐巾擦了擦嘴唇，静静想了一下，就回答说丝涵有事，不方便来。老耶胡达点点头，继续搅拌他的汤。我知道他只是随口问问，可能只是为了打破沉默——那份把我们每个人孤立在自己角落的沉默。

午餐后，老耶胡达回去小睡片刻，晶恩和我则去沙滩散步。我们沿着海滩，把手背在背后，从这头走到那头，两人都心不在焉。有好几次，鲁莽的波浪一路滚到我们这儿，舔了我们的脚踝后，又偷偷退去。

我们同时感到心力交瘁却又重新充了电，走到了沙丘看落日。夜，让我们摆脱紊乱，让我们感到好舒服。我们两个都是。

老耶胡达过来找我们。我们在阳台上用餐，听着汹涌拍打岩石的海浪。每当老耶胡达想跟我们说他家人被关进集中营的往事，晶恩就提醒他，说他答应过晚上不会扫了大家的兴致。他承认自己承诺过不再重提悲惨的当年，于是只好坐在椅子上，因为往事只能自己回味而感到有点无聊。

晶恩要我睡楼上房间的折叠床，自己则在地板上铺了个泡棉床垫将就着。我们很早就熄了灯。

整夜我在思考，丝涵怎么会变成这样？她从什么时候开始变得令我无法捉摸？我怎么会什么都没注意到呢？她绝对曾经想给我点暗示，告诉我些什么，但我却没能抓住。我都在想些什么呢？的确，最近她的眼神已不再明亮，她展开笑靥的间隔越来越久；但，这些就是可以让我解开谜团的讯息吗？这就是那只我一定得抓住的手，以免她被上涨的潮水带走？对我这个珍惜每个热吻、把每次拥抱看得弥足珍贵的人来说，这些其实都只是些可悲的线索罢了。我再度仔细检视我的记忆，想要找寻足以安慰我的蛛丝马迹，但什么也没找着。丝涵和我之间的爱如此完美——没有一个音符走调，每个音符都像是在向这份爱致敬的小情歌。我们不是在说话，我们是在彼此叙述故事，就像善于说故事者叙述一首爱情的诗篇一样。就算她偶有不快，我还以为她在吟唱，因为她完全拥抱着这份幸福，我无法相信她会不幸福。她只提过一次死亡，当时是在瑞士的湖边，夕阳西下的地平线宛如一幅大师的图画。"我一分钟也不能离开你，"她这样告诉我，"你就是我的整个世界。每次你只要离开我的视线，我就彷佛死去了一点点。"那天晚上，丝涵身着白色洋装，艳光四射，我们坐在餐厅露台上，坐在我们这桌附近的男士们都贪婪地看着她，就连湖水似乎也受到她的启发，正欢迎着夜的清新……不，她当时不是在警告我，因为她那个时候太快乐了，她当时关注的是掀起湖面涟漪的微风。她是生命所赐给我最美好的东西。

老耶胡达第一个起床，我听到他在准备咖啡。我掀开毯子，套上长裤和鞋子，跨过晶恩。她像小狗似的蜷睡在我床脚，被单缠在小腿上。

屋外，夜晚正要离去。

我走到楼下跟耶胡达道早安，他坐在厨房里，手上端着个冒热气的碗。

"早啊，阿敏，炉子上有咖啡。"

"我等等再喝，"我对他说，"我要先去看日出。"

"好主意。"

我从小径走到海滩，找了块大石头，专心看着那道极其微小、正在撕破黑暗的缺口。微风在我衬衫底下窜出窜进，拨乱了我的头发。我双手抱膝，下巴轻轻放在上面，直盯着乳白色的光芒把地平线如同礼服下摆一般掀起……

"就让波涛声带走你心中的喧闹吧，"老耶胡达在我身边坐下，吓了我一跳，"这是让自己净空的最好方法……"

他听着一道波浪在岩洞里冲刷的声音，然后把袖口放到鼻子上擦了擦，接着便对我说："我们真该多看看海。大海是一面不会欺骗我们的镜子。我就是这样才学会了不要一直往后看。以前我转头往后瞥上一眼，每次都发现自己的痛苦原封不动，幽灵始终阴魂不散。它们阻碍了我重新体会生活的滋味。你懂吗？它们破坏了我从灰烬中重生的机会……"

他掘出一颗鹅卵石，心不在焉地掂了掂。

他加上这番话时，声音都沙哑了："所以我才会在自己的晚年，选择回到海边老家等死……懂得看海的人，就懂得放下世间的不幸，这样才能从那些痛苦当中重新恢复。"

他往浪涛里扔小石子，手臂也拉出一道弧形。

"我这辈子最清醒的时候，都拿来缅怀过去的苦痛，"他说，"对我来说，最有价值的事情就是回忆和追想过去。以前我相信，唯有保持对大屠杀的记忆，这样才算是从大屠杀中苟活下来。我眼里只看得到墓碑，只要哪里发现了集体屠杀的证据，我就立刻跳上飞机，当第一个见证人。我记录下所有有关犹太种族灭绝的会议；我从地球的这头追到那头，只为了说出犹太人在集中营里所忍受的一切，他们被赶进毒气室里，之后被推进火葬场的焚化炉里……其实，我并没有亲眼看到犹太人大屠杀，因为当时我才四岁。有时候我也会自问，我的某些记忆可能并不是因为压迫所引起的创伤苦果，而是在战后，在昏暗的厅室中，观看纳粹暴行纪录片的关系。"

他沉默了好久，在这段时间内，他应该是努力平复激动的情绪，接着才继续说道："我天生快乐，上天似乎把所有的恩惠都赐福给我。我身心健全，家境富裕，父亲是医生，在柏林最负盛名的诊所执业；母亲在大学教艺术史。我们住在高级住宅区的豪宅里，庭园宽广，有巨大的草坪，家里还有好几个专门照顾我的佣人。

我们家有六个小孩，我是老幺。"

"我当然知道，柏林城里并非一切美好。种族歧视越来越普遍，每一天都有新的措施出现。我们就连过个马路，都会引人侧目，引起路人的不快。可是，一旦回到家，我们又幸福无比……"

"后来，有一天早晨，我们必须放弃自己安宁的避风港，加入一大群其他家庭，他们全都很茫然，我们跟他们一起被驱逐出自己的家园，并且被交到发起水晶之夜①的那些恶人的魔掌中。有些时候，早晨也彷佛是黑夜一般，而1938年秋天的那个长夜，实在是最深沉的黑夜。我永远无法忘记那些人，他们空洞的眼神，衣服上绣着的黄色'大卫之星'，怎么看就和他们衣服的剪裁完全不搭。我尤其不能忘记那份沉寂，伴随着他们不幸的沉寂。"

"黄色星星1941年9月才开始出现的②。"

"我知道。可是，那个黄色的大卫之星就这么深植在我的记忆中，脑袋里的每个角落都有。我甚至怀疑自己的黄色星星是不是天生的……我当时就那么一丁点高，然而我好像可以从大人的头顶上看出去，却完全没看到地平线。那真是个非常特殊的早晨，全部

---

① 或译为"碎玻璃之夜"，指的是1938年11月9日至10日凌晨，纳粹党员与党卫队袭击德国全境犹太人的事件。被视为是纳粹对犹太人展开有组织的大屠杀之始。
② 1941年9月1日，当时希特勒下令凡年逾六岁的犹太人在公共场所出现，均必须在明显部位佩戴黄色星星以示区别。未佩戴者，予以罚款或拘留。

是阴沉的灰色，我们四周都被这种暗沉的颜色环绕，我们踏上那条不归路，但我们的足迹却被晨雾所掩盖。我记得那些面无表情的脸上出现的每个震颤，记得他们忧伤的恍惚，感觉就像行尸走肉。每当有人精疲力尽走不动，被来复枪托打倒趴在地上，我就会抬头看看父亲，想弄明白；他在我的头发里胡乱拨了拨，低声对我说：'没什么。会没事的……'我发誓，就在此刻我说话的时候，依然可以感觉得到他的手指在我脑袋瓜上，让我浑身起鸡皮疙瘩……"

"萨巴①。"晶恩加入我们的行列，语带责备。

老人抬起胳臂，好像顽童把手指伸进果酱罐里偷吃，被人抓了个正着。

"对不起。我控制不了。我答应过不会再在伤口上洒盐的，可是每次我有什么话要说，就会又犯了老毛病。"

"因为你看海看得还不够多，亲爱的萨巴。"晶恩边轻轻按摩他的脖子，边对他说。

老耶胡达深思孙女的这番话，好像第一次听到。他的眼睛蒙上一层遥不可及的阴沉，有着哀伤的神色。有好一阵子，他似乎不知道自己说到哪儿，没法继续说下去，他孙女扶着他的颈背，他

---

① 希伯来语中意为"祖父"。

的头脑才清醒了点。

"晶恩，你说得对。我话太多了……"

接着，他的声音带着颤抖，继续说道："我从来不了解，为什么悲剧幸存者就必须伪装呢？为什么幸存者要装出一副他们很需要人怜悯，甚至比那些牺牲者更可怜的样子呢？"

他的眼光在沙滩上游移，又移至万丈波涛之中，然后迷失于大海上。他苍白的手也慢慢往上举起，握住了他孙女的手。

我们三个，每个人都陷入自己的静默，凝视着海平线。黎明已燃起了万千光辉，太阳依旧升起，就像以往的太阳一样，无法为人类心灵带来足够的光明。

第七章

最后是晶恩去医院帮我把车开回来。最新消息是，我成了医院里的不受欢迎人物。伊兰·罗斯医生成功唆使大多数负责医疗的员工出面反对我。在请愿书上签名的人当中，有些人反对我回医院，有的人甚至建议政府应该撤销我的以色列公民身份。

伊兰·罗斯的态度并不令我太意外。他以前有个弟弟在边防部队当中士，后来在黎巴嫩南部遭到伏击身亡。他失去弟弟已经十几年了，他从没忘记过。虽然我们经常在一起，但他永远牢牢记住我的出身背景，我是谁。在他眼里，尽管我外科手术技巧精良，我在职场上的表现或在本市的人际关系都十分良好，但我毕竟还是个阿拉伯人——我是个永远也不可能改变的阿拉伯佬同事，也是潜在的敌人。起初我还怀疑他是个分离主义分子，但我错了——他只是嫉妒我成功而已。我对他并没有敌意，但他却一直对我有意见。有时我的工作表现出众，他就会把我获得的荣誉理解为背后有一个可怕的诡计，这诡计想要拿我来当完美典范，旨在促进族群融合。这次的自杀袭击事件发生的正是时候，将他的陈年心魔予以合理化。

"这会儿你自言自语起来了。"晶恩吓了我一跳。

她清新的外貌吓了我一跳，简直就像从青春之泉里一跃而出的小仙女，瀑布般的黑发流泄在背上，黑黑的眼线突显出她那双大眼睛。她穿着一条剪裁完美的白长裤，一件完全符合她高低起伏性感胸部的轻柔贴身衬衫。她容光焕发，笑容可掬。历经这些日夜以来的精神恍惚状态，我有种自己终于注意到她了的感觉。昨天她还不过是个影子而已，在我满腹的疑问周围打转。我就是记不起来在此之前她都穿些什么，有没有化妆，头发是垂在肩上还是梳成发髻。

"晶恩，人好像无法摆脱其他人啊。"

她把椅子往我这推了推，跨坐上去，她身上的香气令我醺醺然。我看到她透明白皙的双手，指关节紧抓着椅背。她问我话时，嘴巴颤动、犹疑了一下："那你告诉我，你在跟谁说话？"

"我没有说话，我只是思考得很大声。"

听到我语气平静，她胆子大了点。她凑到我椅背边，以便可以近距离看着我，坦白地说："反正看起来好像有谁在你身旁。你的哀伤让你变得更帅了。"

"说不定是我父亲喔，我最近经常想到他。"

她握住我的手，表示安慰。我们四目交会了一下子，旋即又错开，深怕发现彼此目光中有什么令我们不快的东西。

"你的手腕伤势怎么样？"她用这句话来驱走突如其来的尴尬。

"害我睡不着。掌心好像卡了碎石块，全身关节发麻。"

晶恩摸着绑在我手上的绷带，温柔地轻轻晃着我的手指。

"依我看，应该回诊，把状况搞清楚。第一张 X 光片很糟糕，你可能有骨折。"

"我今天早上想开车看看，结果连方向盘都握不住。"

"你想去哪？"晶恩有点紧张地问我。

"完全不知道。"

她站了起来，眉头深锁。

"还是先去看看手腕，这样比较对。"

她又开车载我去诊所，沿途不发一语，八成忙着在猜我今天早上跳上车打算去哪。她大概在猜想，她对我千叮咛万嘱咐，是不是害得我喘不过气来。

我真想把我的手覆盖在她的手上，对她表示说，有她在我身旁，我有多幸运，不过我完全找不出做出这个举动的力量。我担心我顺手这么做，嘴巴却没能跟上，这样草率行事，反而弄巧成拙，辜负了我感激她的初衷——我觉得我对自己逐渐失去信心。

有位胖护士过来招呼我。我的脸色这么难看，她一眼就觉得不对，用强制语气要求我该改善日常饮食，多吃点烤牛排和生菜色拉。她又对着我的耳朵低声说，我这样子看起来，简直就像是在绝食抗议。医生检视着我的第一张X光片，表示这张片子拍得已经够清楚了；他一脸不高兴，过了好久，才同意帮我照第二次X光。第二张片子确认先前诊断无误——完全没骨折，也无裂痕，只是拇指根部受到创伤，还有另外一处伤较不严重，在手腕的部位。他帮我开了一些药膏、消炎药，还有助眠的药片，就把我交给护士了。

看完诊后，我在出口处看到纳威德·瑞内。他的车停在医院大楼的停车场，他在车上等我们，一只脚顶着打开着的车门，双手放在脑后，耐心地盯着路灯。

"他是在跟踪我还是怎么样？"在这边看到他，我非常惊讶。

"少乱说，"晶恩骂我，她生气了，"他打手机给我，想知道你的近况，是我要他到这边来找我们的。"

我这才明白自己是多么以小人之心度君子之腹，却没道歉。

"阿敏，别让悲伤扭曲了你的好教养。"

"你在说什么？"我暴躁地问她。

"你否认也没用。"她迎着我的目光呛了回来。

纳威德从车上下来。他穿着一件国家足球队队服颜色的厚运动衫，新运动鞋，还有一顶反着戴的黑色贝雷帽。他以宗教般的严谨强迫自己不停做有氧和减肥运动，却无法遏制越来越令人尴尬的超重。纳威德对自己这副巨大的体态并不满意，这个肚子不但突显出他双腿长度不同的困境，还使得他的步态变成一种滑稽的姿势，减损了他努力想摆出的那副严肃态度和权威形象。

"我在附近慢跑。"他对我说，好像在为自己辩解似的。

"又没人不准。"我回他。

我立刻就觉察到自己的攻击性和不得体的言外之意，但奇怪的是，我却不想改正自己的态度。甚至可以说，我还很高兴，这份愉悦就跟遮蔽住我灵魂的阴影一般晦暗。

我不知道自己竟然可以无缘无故就变得恶毒起来，但同时又不知道该如何克制。

晶恩捏了捏我的胳臂——这个举动没逃过纳威德的眼睛。

"那好，"他深感失望，低声嘟囔着，"要是我打扰到……"

"你怎么这么说呢？"我说。这时我才试图挽回局面。

他恶狠狠地盯着我，目光强烈，连脸上的肌肉都在颤抖。我的问题比我的言外之意更引起他的怀疑。他恢复了镇定，在我面前摆出高傲的姿态，他盯着我眼睛的方式，使得我的眼神无法规避。他非常生气。

"阿敏，你这是在问我问题吗？"他语气厌烦地说，"是我在躲你，还是你一闻到我的味道掉头就走？到底有什么不对劲？是我自己没意识到做了什么对不起你的事，还是你自己哪根筋不对？"

"才不是这样。见到你我高兴得很……"

他眯起眼皮。

"那就怪了，我在你眼里面看到的不是这样。"

"但这是真的。"

"我看我们去喝一杯好了，"晶恩建议，"我请客。纳威德，你选地方。"

纳威德同意暂时抛开我的鲁莽态度，但他还是很受伤。他深深吸了一大口气，低着头，想了一会儿，然后就建议我们可以去"锡安之家"，离这间诊所不远，是这附近可以吃到最可口点心的一家安静小咖啡馆。

晶恩开车跟在纳威德后面的时候，我试着厘清自己为什么对纳威德展现这么强烈的攻击性？其实别人在公开诋毁我的时候，他从不曾弃我而去。难道是因为他背后的那个象征？因为他那块条子的招牌吗？话说回来，对一个条子而言，继续跟某个老婆是自杀式袭击者的人来往，不见得容易……这些论点我建立了又推翻，好希望自己不要继续被那些疑神疑鬼的思绪占领，别把自己更孤立于自我折磨中。怪的是，就在我小心别再犯错的时候，偏偏就是压抑不住，老想找他的茬（这对我来说似乎又合情合理）。难道是我继续沉浸在丝涵犯下的罪行里，所以才把自己搞成这么一副惹人厌的德性？倘若是如此，那我会变成什么？我想证明些什么？辩解些什么？我们真的知道什么是正义公理吗？我们真的知道哪些是适用于我们的原则，哪些又是不适合我们的原则呢？无论我们是对是错，都缺乏正确判断的能力。人生就是这样：当人陷入谷底的时候，就会拿出最大的能力；等到顺遂成功，又看起来好像没什么……我的思绪逼得我无力招架，它轻视我心里的惶恐不安；我的思绪以我的脆弱来哺育它自己，滥用我的悲痛。我知道它正在搞破坏勾当，但我却像个过于自信的守夜人，一味昏睡，放任思绪瞎胡闹。我的眼泪可能会淹没一些我的悲伤，但愤怒仍然像肿瘤一般存在，深藏在我内心深处，或像是一头具有毁灭性的怪物，潜伏在巢穴的阴暗处，等待正确时刻，伺机跳到地表，吓坏这个世界。晶恩也是这么想的。她知道我想驱除这份在我体内翻腾、不知餍足的恐惧。我的侵略性其实只是极端暴力的迹象，它在我内心不断壮大，等着聚集够多的动力后爆发。晶恩之所以一秒钟都不让我离开她的视线，就是因为她想把损害减至最低。但我态度犹疑不定，使她不知道该怎么办才好；她也开始怀疑自己办不办得到。

我们在一家小咖啡馆的露天座坐了下来，咖啡馆就开在砌着石板的广场中央。露天座上有好几桌客人，有的三两成群，有的客人则若有所思地盯着自己的玻璃杯或咖啡杯。咖啡馆老板是个精神抖擞的大汉，一头乱发，跟满脸海盗式的大胡子连成一气，整张脸只露出两个眼睛。他的头发金黄得跟稻草堆似的，胳臂上的汗毛一路长到肩膀。他好像被卡在自己那身水手衫底下，快要透不过气来了。他认识纳威德，走过来跟他打招呼，问过我们要点什么，就退下了。

"你从什么时候开始抽起烟来了？"纳威德看到我拿出一包烟。

"从我的梦烟消云散的那天开始。"

我的反应令晶恩震惊，但她只是紧握双拳。纳威德镇定地看着她，下唇垂了下来。有一会儿，我感觉到他差一丁点就要冲到我身边，不过最后他仅仅是往后靠去，紧贴椅背，双手合十，放在他的大肚腩上面。

老板端着托盘回来，冒着泡泡的啤酒放在纳威德面前，西红柿汁放在晶恩的面前，放我面前的则是一杯咖啡。他跟纳威德这个警察开了个小玩笑，就退下了。晶恩第一个举杯送到嘴边，一连咽了三小口。她对我非常失望，不发一语，免得在我面前爆发。

"玛格丽特怎么样？"我问纳威德。

纳威德没有立即做出回应。他反而提高警觉，慢条斯理地先喝了一口，然后才大胆开口说道："她很好，谢谢。"

"小孩呢？"

"你是知道他们的，有时候好得很，有时候又吵吵闹闹。"

"你还是打算把女儿伊迪特嫁给那个医生？"

"她自己想嫁。"

"你认为这是桩好婚事？"

"这种事情，没什么好认为的，只管祷告就是了。"

我点头表示赞同："你说得对。婚姻一直都是个偶然的游戏，再怎么算计，再怎么采取预防措施都没用；婚姻自有一番逻辑。"

纳威德确认我这番话不是个陷阱，稍微放松了一下，尝了口啤酒，嘴唇发出咂咂声，郑重其事地看着我。

"你的手腕怎么了？"

"皮肉伤，不过骨头都没断。"

晶恩从我的烟盒里拿了根烟。我把打火机递给她。她贪婪地深吸了一口，坐正后，从鼻孔里喷出一大坨烟雾。

"调查得怎么样了？"我开门见山地问。

晶恩一口气岔到，竟然被烟给呛着了。

纳威德紧紧盯着我看，再度提高警觉。

"我不想跟你吵，阿敏。"

"我也不打算这样。我有权知道。"

"你想知道什么？你都不肯面对事实啊。"

"现在不会了。我知道是她干的。"

晶恩密切注视着我，她的烟放在脸颊旁边，一只眼睛因烟雾而眯了起来，她猜不透我想说什么。

纳威德轻轻推开啤酒杯，好像想推开他周围的一切，让现场变成只有我跟他。

"你知道她干的什么？"

"在那家餐厅引爆炸弹的人，就是她。"

"哟，从什么时候开始知道的？"

"纳威德，你这是在侦讯我吗？"

"不见得。"

"那你就只须告诉我现在调查得怎么样了就好。"

纳威德从椅背上往下滑了点。

"毫无进展，原地打转。"

"那辆接应她的旧款奔驰呢？"

"我岳父就有一辆一模一样的。"

"透过警方所有线索和手边的人际网络，还是没办法吗？"

"阿敏，这跟线索或人际无关，"他打断我，"本案的主角，是一个完全没有任何地方会让人起疑的女人，她隐瞒自己的意图隐瞒得那么好，比我们最干练的卧底探员都厉害。无论采取哪种方式去调查，都必然会撞上同一个死胡同。但令人欣慰的是，在这个事件中，仅仅需要一个线索，只要一个就好，就可以顺利推动案情的发展，进展就会很迅速……你觉得你有线索吗？"

"没有。"

纳威德在他的椅子上用力扭动个不停，手肘撑在桌上，把他一分钟前才推开了的啤酒杯又往自己那边拉。他的手指在桌缘边上滑动，擦干了从杯里飞溅出来的泡沫。

一片死寂重重压在露天咖啡座上。

"最起码你知道这是桩自杀袭击事件，已经算有进步了。"

"那我呢？"

"你？"

"对，我呢？我洗刷清白了？还是依旧是个嫌疑犯？"

"阿敏，若这件案子有可以归责于你的地方，你现在就不会在这喝咖啡了。"

"那他们为什么在我自己的家里把我毒打了一顿？"

"这跟警察无关。这是群众愤怒，就像婚姻一样，只服从自己的逻辑。你有权告他们。可是你并没这么做。"

我在烟灰缸里把烟拧熄，又点起另外一根，突然觉得这根烟带着一股糟透了的味道。

"我说纳威德，你见过这么多杀人犯，这么多坐过牢的人，各种形形色色、行为脱序的狂热分子，你说，一个人怎么能够就这样身上绑着炸药，跑到热闹的生日会里面把自己给炸了？"

纳威德耸耸肩，很明显，他很为难："这是我每天晚上都会自问，却始终找不出意义的问题，就更甭提找到答案了。"

"这种人你看得很多了？"

"很多。"

"那么他们怎么解释自己的疯狂行径？"

"他们没有解释，他们承担。"

"你没法想象这些事有多折磨我。妈的！到底是怎么回事？一个身心健全的正常人，就那么转不过弯来，自以为是投身于神圣使命，竟然就决定放弃自己的梦想与野心，跑到最糟糕的野蛮中心去承受残暴死亡的摧残？"

随着我的这番话，我的喉结上下跳动，愤怒的泪水也模糊了我的视线。晶恩的大腿焦躁不安地在桌底下动来动去。她的香烟只剩下少许悬在空中的灰。

纳威德叹了口气，想着该说些什么。他察觉到我的苦痛，似乎感同身受。

"我能说什么，阿敏？我想即使最老到的恐怖分子也不见得真的知道自己是怎么回事。而且这有可能发生在任何人身上。潜意识中的某个东西一松扣，然后就这么干了。每次恐怖袭击的动机、强度不见得都一样，不过一般而言，这些东西都是这样发生的，"他边把指关节压得作响边说道，"也就是说，像块瓦片突然落到脑袋瓜上，要不就像绦虫一样依附在你身上。反正发生了之后，你看待世界的方式就改变了，你只剩下一种想法，你的身体和灵魂都被这种想法掌控；你想揭开这个想法，看看在它下面有什么。从此以后，你就再也不能走回头路。何况，发号施令的也不再是你。你以为靠自己就能搞定，事实却并非如此。你只不过是一种工具，一种带给自己挫败的工具。对你来说，生、死，都一样。就某种程度而言，你还会毅然决然地放弃任何可能让自己回到现实、脚踏实地的机会。你四下飘荡，成了个外星人。你生活在地狱边境，为的是围捕虚无缥缈的仙女和独角兽。你不想再听到人世的一切，一心只等着跨出那一步的大好时机。唯一可以弥补你的过失，唯一可以改正你的错误的方法——换句话说，唯一让你的生命有意义的方法——就是让你的生命壮烈地终结：把自己变成一根大爆竹，跑到校车里面；要不然就是把自己当成人肉炮弹，冲向敌人的坦克车。轰！大爆炸！另外加赠特别奖项——成为真正的'烈士'。在你眼里，你的葬礼队伍行进的那天，才是别人尊敬你的那天。剩下的，管它前一天或下一天会怎么样，你已经管不了这么多；对你来说，这些都从未存在过。"

"丝涵是那么快乐。"我提醒他。

"我们大家都这么以为。我们显然错了。"

我们三个在这家小咖啡馆浑然忘我，一直待到夜深，让我得以发泄一下情绪，去除玷污我灵魂的霉味。我的攻击性随着种种回忆已逐渐淡去。有好几次，我眼皮旁的泪水让我感到诧异，不过我忍住了，没让它们再涌出来。只要我的声音一沙哑，晶恩就会拍拍我的手，安慰我。纳威德耐心十足，他忍下了我对他的粗鲁，还承诺会让我知道调查进展的情况。我们离开时很平静，感觉我们彼此之间的关系比以往更增进了。

晶恩载我回她家。我们在厨房吃三明治，在客厅抽了一根又一根的烟，接着就各自回房。稍晚，晶恩过来检查我有没有缺什么东西。关灯前，她终于忍不住，问我为什么完全都没跟纳威德提到那封信的事。

我双手一摊，据实以告：

"我不知道。"

第八章

　　据晶恩说，卫生署接到好多我过去病人和家属写的信件，他们认为我太太炸毁快餐店的那件惨案，我也算受害者。院方也认同这种看法，因此医院里面群情激愤的状况渐渐缓解，绝大多数中伤我的人开始怀疑，他们当初签署那份反对我回任的请愿书，是不是签错了。面对如此复杂的情形，医院里的高层认为这个情况已经超出他们的责任范围，于是便请更高层的单位来做出裁决。

　　就我这方面，我心意已决——我不会回办公室，甚至连我的私人物品都不打算拿回来。伊兰·罗斯发起对我不利的阴谋诡计，令我感触良深。其实我根本就没显示出我有什么野心。从大学起，我就尽量忠实履行自己的公民职责。我本来就知道自己阿拉伯裔的外表非常突出，会在社会大众的心里造成一个固定的刻板印象，所以我努力克服这种刻板的印象，表现出最好的一面，犹太同侪对我表现出的敌意我也低头忍耐。我还很年轻的时候就意识到脚踏两条船会两头落空，我很快学会了选边站。我选了可以让我发挥才干的这边，与我的职志结盟，相信自己终究会赢得尊敬。我一旦为自己定下游戏规则，就一次都没犯规。这些规则就像是为我指引迷津的"阿里阿德涅线"①，但却又如剃刀边缘一般锋利而危险。我努力用功，在校以第一名毕业，但对我这一个与众不同的阿拉伯人来说，哪怕稍微走错一小步，都足以粉身碎骨，尤其我又是贝都因人之子，我的血缘出身带给我无比沉重的偏见压力，让我步履维艰。我的人生背负着祖先们承受的嘲讽形象，好像戴着脚镣的罪犯，又让我经常体会到卑劣的人性：有时他们不把我当人看，有时把我视为妖魔鬼怪，最常看到的情形是尽一切可能不给我机会。从我进大学的第一年起，就感受到我追求的人生路程上，充满了粗暴；为了成为以色列公民，我必须付出超乎寻常的努力。文凭并没有解决所有问题，我还得有魅力，要能让大家安心，还得承受打击而不回手；我得咬紧牙关直到下巴都发痛了，

---

① 神话中阿里阿德涅公主就是利用一根线的牵引，帮助英雄忒修斯逃过牛头人身怪物弥诺陶洛斯杀害，走出迷宫。

因为我不能丢脸。我这一个人就必须担任整个族群的代表人物，但我却不想这样。就某种程度来说，为了我所源出的族群，我一定得成功。我自己的族人并没有派我出来担任这种代表性的人物，反而是外人藉由他们看待我的眼光，将这个不讨好、没人相信的"部族代表"任务扔到了我的肩头上。

我的家世背景虽贫穷，可是重视荣誉；我们信守承诺，过着正直的生活。我祖父是统驭部落的族长，他拥有土地，但缺乏野心。此外，他也无法理解，为什么人要活得长寿的关键不在于你的行为有多么果敢，而在于你三思而后行。

他因遭抢劫而遇害，死时双眼圆睁，心脏在愤怒与震惊之下停止了跳动。我爸爸不愿意继承祖父的目光短浅，也不想继续当个农人，他想当艺术家——在祖先的辞典里这意味着是懒惰鬼和边缘人。我记得好多他们俩争执的精彩片段，每次祖父逮到爸爸在自己改装成画室的木棚里画油画，而同时家族中其他成员，无论老幼，都在果园里干活，忙得半死，那就一定会引起家里一阵吵闹。我爸行事不疾不徐，反驳外公说生命不仅仅是除草、修剪、灌溉和采摘；生命是绘画、歌唱还有写作，还有教育，还说最美好的事业是疗愈。他最大的愿望就是希望我当医生。我很少看到有人像他对自己的下一代那么竭力付出。我是他的独子。他之所以不想再生，就是为了让我享有全部的机会。他尽了一切努力，终于让我们部落拥有了第一个外科医生。当他看到我挥舞着我的医师证书时，他整个人跳入我的怀中，好像小溪奔流入海。我唯一一次察觉到他脸颊上流有泪水，就是这一天。他死的时候是躺在一张医院病床上的，还抚摸着我的听诊器（我故意带上听诊器，就为了讨他高兴），彷佛听诊器是一件圣物似的。

我爸爸是个好人。他随遇而安，既不会矫饰也不爱渲染。他不太喜欢正面冲突，就算事情不顺利的时候也不会紧张。他认为，厄运的魔咒并非考验，而是人生旅程中的小事一桩，只要忍过去就好，过程中就算辛苦个几分钟也没关系。他的谦逊与见识令人津津乐道。我好希望自己像他，节俭朴实，乐在其中！虽然我生长在一片自古以来就多灾多难的土地上，多亏家父，我并没有把这个世界看成是一座竞技场。我看得很清楚：战事连连，冤冤相报，但我绝对不允许自己同流合污。我不相信古人预言说世上必定有争端，我也不可能相信上帝竟然会鼓励他的子民彼此攻击，导致世人对上帝的信心沦落成荒谬又可怕的权力关系。从那时候开始，如果有人要我献出我的一滴鲜血来作为我灵魂洁净的代价，那我一定把这种人视为毒蛇猛兽，敬而远之。我不相信眼泪这回事，也不相信死荫的幽谷这种东西，因为在我的身旁，一定可以找得到更美丽、更有理智的地方。爸爸常对我说："如果有人告诉你，世上有一种交响乐，比你血液里的生命更伟大，那他一定是在骗你。说这种话的人想要夺走你最宝贵的资产，那就是善用生命每一刻的权利。如果你一开始就明白'最恶毒的敌人就是想在你心里播下仇恨种子的人'这个道理，那么幸福距离你就不远了。你只要伸出手就可以获得幸福。还有，一定要记住：没有任何东西，绝对没有任何东西的价值胜过生命。还有，你的生命价值和别人的生命价值是相同的。"

我至今不忘。

我甚至还把这番话当成我最重要的座右铭，因为我相信人类唯有认同这种看法，才能达到成熟的境界。

我与纳威德之间的小冲突使我能够重新站起来。虽然我的想法还没有完全恢复清晰，但好歹也让我可以退一步检视我自己。愤怒仍然存在，但已不再搅得我肝肠寸断；我体内的愤怒已经不再像是会引起呕吐反应的异物，非把它吐出来排空不可了。

有时候我坐在阳台上凝视车辆，竟发现它们也具有某种吸引力。晶恩也不再像前几天那样战战兢兢，生怕随时惹我不满。她还会随兴逗逗我，就为了博我一笑，早上她去医院上班的时候，我也不再关在房里到她回来为止，我学会了出门，在街上闲逛。

我去咖啡馆抽烟，再不然就是坐在广场的长凳上，看着小娃娃在阳光下嬉戏。我还没办法看报纸，然而，我散步的时候，即使冷不防听到电台广播新闻，我再也不会连忙转向，改走别条路了。

院长伊斯拉·本哈伊姆到晶恩家来看我。我们既没谈到我重回医院复职的可能性，也没提到伊兰·罗斯这人。伊斯拉只想知道我好不好，是不是已经熬过来了。他带我去餐馆吃饭，证明他跟我在公开场合出现并不会让他为难。真可悲，却很真诚。

我坚持买单。晚餐后，晶恩到医院值班，我和伊斯拉则去了小酒馆，醉得不省人事，两人彷佛就像首度干下荒唐勾当，而被一起逐出天宫的神祇似的。

"我得去伯利恒一趟。"

厨房里原本传来洗碗盘的哐啷声响，这下霍地停了。不久之后，晶恩从厨房门里探出头来。扬起一边眉毛，盯着我瞧。

我把烟拧熄在烟灰缸里，准备拿另外一根出来抽。

晶恩用挂在墙上的抹布擦了擦手，走进客厅。

"你是不是在开玩笑？"

"我像在开玩笑的样子吗？"

她震惊到身体微微抖了一下。

"你当然是在开玩笑啊。你去伯利恒做什么？"

"丝涵就是从那里寄的信。"

"那又怎么样？"

"我想要知道，我以为她在坎纳村外婆家的时候，她到底跑去伯利恒做什么？"

晶恩在我对面的藤椅上坐下，完全没料到我会迸出这番话。她生气了。她深深吸了一口气，似乎是想压下自己的怒气，嘴唇费尽心思想找些话来说，但是找不着，两根手指揉着太阳穴。

"阿敏，你脑袋真的短路了。我不知道你到底在胡思乱想些什么，可是你这次真的太过分。他妈的你去伯利恒根本一点意义也没有。"

"我奶妈有个女儿住在那边。假如丝涵到伯利恒是为了完成她疯狂的使命，绝对是住在她家。邮戳日期是 27 号礼拜五，也就是发生悲剧的前一天。我要知道是谁把我太太洗脑，是谁把她身上挂满炸药，送她上战场。我没有掌握实情之前，绝不善罢甘休，我也不会对这件事视若无睹。"

晶恩这时已经快哭了。"你要不要听听看你自己刚刚说了什么话！我提醒你，这件事牵扯到恐怖分子，这些人可不是有礼貌的好人。你是外科医生，不是条子。你得把这件事交给警方来处理。

警方有适当的渠道和够资格的人员进行调查。要是你想知道你老婆发生了什么事，那就回去找纳威德，告诉他那封信的事。"

"这是我自己的私事……"

"胡说八道！十几条人命被害，还有这么多人受伤。绝不是私事。这是自杀袭击，要办这种案子，必须交给有能力的国家部门才办得到。在我看来，阿敏，你已经快要失控了，如果你真想让自己派上点用场，就把那封信交给纳威德。搞不好警方就是在等最后这么点线索，就可以展开调查。"

"想都别想！我不会让任何人搅和我的私事。我要去伯利恒，而且一个人去。我不需要任何人。我在那边认识不少人，我要去找他们谈，一定可以从他们嘴里问出蛛丝马迹的。就算要硬干，我也可以逼某些人吐露实情。"

"然后呢？"

"然后什么？"

"就算你真能让某些人吐露实情好了，下一步计划呢？扯他们的耳朵？还是要求赔偿？你开玩笑嘛！拜托你。丝涵背后绝对有一个负责后勤支持和全盘计划的缜密网络，她一定受过训练。在公共场所自燃引爆，不可能靠一时兴起。这是经过长期洗脑的结果，在心理和装备方面都做好万全准备。为了要派人出这种自杀任务，他们很小心的，他们的领导人也需要保护他们的基地，隐藏他们的行踪。唯有确定某人的决心与安全绝对靠得住，才会选他当敢死队。现在你入侵他们的地盘，在他们藏身处四下打听，你自己想想看嘛！你以为他们会很有礼貌的等你一路摸索到他们那儿吗？他们两三下就会把你给解决掉，快到你甚至没时间搞懂自己有多蠢，竟然想扮侦探！我只要一想到你在那个毒蛇窝旁乱晃，就怕得要命。"

她扯着我的手，害我手腕又痛了起来。

"阿敏，这恐怕不是个好主意。"

"或许吧，可是自从我收到那封信后，这个念头就一直在我脑里盘旋。"

"我了解，问题是，这种事不是你一个人能解决的。"

"晶恩，你就别白费工夫了。你明知道我有多固执。"

她举起双手，想先让场面冷静下来。

"好，有什么要说的到晚上再说吧。从现在到晚上的这段时间内，希望你的神志能稍微清醒点。"

到了晚上，她请我去一家海滩餐厅吃饭。我们在露台上用餐，微风抚上她的脸庞。海好深沉，浪涛声听似带着格言警语。晶恩也意识到自己恐怕无法让我改变心意，于是她一点一点吃着盘中的菜肴，像只疲惫的小鸟。

这个地方很不错，老板是法国移民，推出很不错的家常套餐，大大的窗户外美景如画，红酒色的软垫皮椅，餐桌铺了绣花餐布。硕大的蜡烛在独脚水晶盘里燃烧，好似在卖弄风姿。客人虽然不多，不过在场用餐的这几对应该都是常客，他们举止高雅，低声交谈。餐馆主人个子不高，打扮得整整齐齐，礼貌极其周到，他亲自过来推荐我们点第一道主菜和品酒。晶恩邀我在这家餐厅用餐，原本应该是有其他的用意吧，不过此刻她好像已经忘了。

"看来我血糖升高，你会感到很乐啊。"她叹了口气放下餐巾，好像认输了似的。

"晶恩，你站在我的立场想一想。这件事并不光是丝涵的行为，更与我自己有关。如果我太太自杀了，那只证明我竟然给了她活不下去的念头。我当然也必须负起一部分的责任。"

她想抗议，我举起手来，求她别打断我。

"晶恩，真的。无风不起浪。她当然是犯了错，我同意，可是整顶大帽子都往她头上扣，这样并不会让我的良心好过一点。"

"跟你一点关系都没。"

"有。我是她老公。我的职责在于看顾她、保护她。她绝对想过要提醒我说，有一股潜藏在海底的涌浪，正威胁着要卷走她。

我非常确定她一定想过要暗示我。该死！当她试图逃脱困境的时候，我的脑袋到底到哪去了？"

"她试图逃跑过吗？"

"怎么会没有呢？人怎么可能像参加舞会那样稀松平常，就这样出门去自杀？当我们准备要跨出那命运的一步之际，我们内心一定会产生疑问，这是不可避免的。而这种本能，我竟然没有在她身上看出来。丝涵绝对曾经希望我能唤醒她，可是我的心思没放在这上面，我永远也不能原谅自己这点。"

我匆匆点起一根烟。

"我没兴趣故意害你穷操心，"经过好长一段沉默，我才说道，"我现在已经失去开玩笑的兴致了。从我收到这封可恶的信开始，我就一心只想破解这个我当时没有及时解开的谜团，可是它却拒绝向我释放秘密，甚至到了今天也一样。我一定要把它给找出来，你懂吗？我一定得找出来。我没别的选择。自从收到这封信，我一心一意只顾着搜寻我的记忆，希望能找到蛛丝马迹。不管是睡着还是醒着，我心里只想着这件事。我重新思考了以前几个情绪最强烈的时刻，语意最含糊不清的话语，最模糊不明的姿态，结果什么都没发现。空白一片，我都快疯了。你没法想象这样对我的折磨有多大，晶恩。我再也不要在它后头紧追不舍，还因为它而受苦……"

晶恩手足无措，不知如何是好。

"或许她不需要暗示你。"

"不可能！她爱我，她不可能不管我，什么都不跟我说。"

"她也无能为力呀，阿敏，她已经不是以前的她了。她没有犯错的权利。把秘密告诉你的话，会亵渎真神，这样等于是要她违反誓约。一丝一毫都不准泄露。团队情谊就建立在这份强制遵守的盟约上。"

"是没错，可是这个问题牵涉到她的性命啊，晶恩。丝涵会送命啊。她知道对她、还有对我来说，这代表着什么。她太真诚了，跟我在一起的时候，不可能对我虚情假意。她一定暗示过我，这点毫无疑问。"

"这又会改变些什么呢？"

"谁知道呢？"

我连吸了好几口烟，免得烟熄了。我语带哽咽地脱口说："我好痛苦，痛苦到无法忍受。"

晶恩有点动摇，不过还是紧抱着最后一丝希望。

我在烟灰缸里把烟屁股给熄了。

"我爸爸常对我说：将苦痛留给自己，当你失去一切的时候，苦痛是你唯一所拥有的……"

"阿敏，拜托你别这么说。"

我没理她，继续说道："对一个像我这样还处于惊吓中的男人——这种惊吓实在太大了——什么时候才能真正结束守丧，什么时候才能开始鳏居，真的不容易。这种男人在临界线上了，想往前走下去，就得跨过这条边界。边界在哪？我不知道。我只知道，不该留在原地为自己的命运自艾自怜。"

这次换我抓起她的手，紧紧包覆在我的手里。我自己反而因此觉得十分惊讶，感觉很像我把两只受伤的小麻雀握在手中。我握住她手的劲道非常小心，到最后晶恩都变得紧张起来，想挤出一个我从来没看过的微笑，掩饰眼中泛出的腼腆泪光。

"我一定会很小心的，"我答应她，"我没有要报复他们的意思，也不想粉碎他们的组织。我只是想了解，我生命中的那个女人怎么会把我排除在她的生命之外，我爱的那个女人怎么会像个疯子，怎么会去聆听别的男人传教，却没有被我口中的诗篇所吸引。"

我守护天使的泪水从睫毛上滚落，在她脸颊上滑出一道泪痕。晶恩又惊又窘，还想擦掉，泪珠滴到她嘴角，我的手指比她快一步，接下了泪珠。

"晶恩，你真好。"

"我知道。"她语带哽咽，说到一半就大笑出声。

　　我又捧起她的双手，使劲握着。

　　"我认为我不需要告诉你，不过，没有你的话我绝对撑不到今天。"

　　"阿敏，今晚别说……要说的话……或许改天再说吧。"

　　她笑得哀伤，双唇在颤抖，双眼勇敢地迎向我的目光，好化解掉随时会爆发的激动情感。我看着她，深受感动，连自己正把她的指头扳过来扭过去也没发现。

　　"谢谢。"我对她说。

第九章

晶恩容许我踏上这次明显的危险之旅，但条件是由她开车带我去伯利恒。她要在我身边，哪怕光是当我司机也好，她补充说。我手腕的伤势尚未完全痊愈，拿个背包或握方向盘都还没办法。

我尝试过劝她打消这个念头，但她丝毫不让步。

她建议我，我们先去她哥哥班杰明在耶路撒冷买的度假小屋；到了当地后，再依据事情发展决定接下来该怎么做。我想立刻出发。她求我先让她帮一名病患开刀后，再去找院长伊斯拉·本哈伊姆，跟他请一个礼拜的假。伊斯拉问了一下她为什么这么急着请假，晶恩告诉他说她需要重新充电，伊斯拉就没再多问了。

手术隔天，我们就把两个旅行箱堆在她的日产车里，先回我家去拿了些私人用品、丝涵的近照，随后就开往耶路撒冷。

一路上我们就只停过一次车，在沿途的廉价小饭店用餐。天气很好，路上拥塞的交通提醒我们现在正是暑假车流如潮的时候。

我们穿过耶路撒冷，恍如在清醒的梦中。我已十多年未曾造访这座城市。耶路撒冷热闹非凡，路上到处都是摊贩，唤醒了我原以为在我身上已然逝去的记忆。种种亮得刺眼的影像在我脑海中闪现，与这座古城的香味互相交融。我就是在这座千年古城最后一次看到我母亲的。她来到她垂死兄长的床边祷告。整个部落都出席了我舅舅的葬礼；有些族人从遥远的地方赶来，他们的名字把几个老人家搞得都分不清楚。我母亲的哥哥是她活下去的真正原因，在失去他不久后，母亲也过世了。我父亲不是个体贴的丈夫，我则是个不见人影的儿子，因为我经年累月都驻院实习，长期在外，所以舅舅就成了她唯一的精神支柱。

班杰明的住所位于这座犹太城的边缘，是好些低矮建筑物中的一栋，这些房子的墙面都有太阳烧灼的痕迹。班杰明的小屋看上去背对着这座富有传奇色彩的古城，面向嶙峋山丘上遍布的果园。这地方很隐密，远离尘嚣，几乎听不到小孩的吱喳吵闹声。班杰明还待在特拉维夫，不过依照班杰明的交代，晶恩在内院入口处的第三个花盆下面找着了钥匙。房子小而低矮，凉廊对着一个爬满葡萄藤的小院子。长满荆棘的犁沟上方有座青铜狮头喷泉雕塑，旁边还有张油漆上得乱七八糟的绿色锻铁长凳。晶恩帮我在书房旁挑了个房间当卧室，而书房里头满是书和手稿。我的卧室里有一张折叠床，此外还有美耐板做的桌子和圆凳，地上铺着一块已经磨得线都露了出来的地毯，遮住老旧地板的裂痕。我把包包扔在床上，等晶恩从浴室出来，好告诉她我打算怎么做。

"你先休息一下。"

"我不累。都中午了，我想去我奶妈的女儿家找一个人。你不用麻烦，我坐计程车去就好。"

"我陪你去。"

"晶恩，拜托。万一我有什么事，会打你手机，告诉你到哪接我。我想今天不会有事的。我只是去看看亲朋好友，探探底而已。"

晶恩不高兴了好一阵子才放我走。

自从我十多年前来过之后，伯利恒的变化好大。伯利恒原本是一群离乡背井的难民聚集之处，而今成了双方开火的战场，呈现出另一番杂乱景象：混凝土石块裸露在外，破房子跟路障似的一间挨着一间——大部分还处于尚未完工阶段，包覆着白铁皮或横七竖八的废铁，窗户歪歪扭扭，还有怪得可以的大栅门。你会觉得彷佛置身于一个巨大的交会点，世上所有受苦受难的人都聚集于此，为了寻求救赎而白费力气。

老人家撑着拐杖，头上包着贝都因人的传统头巾，外衣打开，露出里面褪色的背心，饿着肚皮，坐在门坎上做着白日梦，有的则坐在小圆凳上或阶梯上；他们似乎只听得见自己的回忆，望向远方，坚定不移地深陷于自己的缄默中，丝毫不为围着他们奔跑的顽童打闹声所动。

我问了好几次路，好不容易终于有个小孩带我到一间墙壁斑驳脱落的大屋前。他乖乖等着我塞几毛钱到他手里作为带路费。我敲了敲被虫蛀过的旧木门，侧耳倾听。地面响起旧鞋的拖拉声，接着就听到打开扣锁的声音，一个身材变形的女人帮我开了门。我花了好久的时间才认出她来：是蕾拉，我奶妈的女儿，算是我干姐。她应该才45岁多一点，可是看起来却像六十好几，白发苍苍，身形走样，一副要死不活的样子。

"是我啊，阿敏。"我对她说。

"天哪！"她跳起来，突然醒了。

我们两人互相拥抱，我紧紧抱着她，感觉到呜咽从她胸口一阵接着一阵升起，一波波的震动蔓延到她孱弱的全身。她后退一步，好将我端详个仔细，她满脸是泪，口里念着《古兰经》经文表达自己心里的感激，然后又一头栽进我怀里。

"来，"她对我说，"你来得正好，刚好跟我一起吃饭。"

"谢谢。我不饿。你一个人？"

"对。我先生亚希尔晚上才会回来。"

"小孩呢？"

"他们已经大了，你知道吗？女儿都嫁人了，阿戴勒和玛穆德的翅膀也硬了。"蕾拉稍微整理了下情绪，接着就低下头。

"一定很不好受。"她用颤抖的声音说。

"这是一个男人身上所能发生的最糟的事。"我承认。

"我可以想象……自从袭击事件后，我时常想到你。我知道你这人敏感又脆弱，真不知道像你这么敏感的人，怎么能撑得过这么一个……这么一个……"

"大灾难，"我帮她接下去，"的确，而且还严重得很。我来这里正是为了多知道一点。我不知道丝涵有这种打算。我根本没有怀疑过她。她不幸逝世，我也心如刀割。"

"你不坐吗？"

"不……她在采取行动之前，她人怎么样？"

"你的意思是什么？"

"她的举止如何？她看起来知道自己在做什么吗？她是处于正

常状态？还是有什么奇怪的地方？"

"我没看到她。"

"27 号星期五，袭击前一天，她人就在伯利恒。"

"我知道，可是她没待多久就走了。我，我在大女儿家，帮她大儿子行割礼。我还是从载我回家的车上听到袭击的新闻……"

突然，她把手放在嘴上，似乎想克制自己别多话。

"天哪！我又啰啰嗦嗦个没完。"

她惊慌失措地瞥了我一眼。

"你怎么会来伯利恒？"

"我已经说过了。"

她用大拇指和食指揉着太阳穴，突然重心不稳。我揽住她的腰，以免她跌倒在地，然后把她扶到她身后的软垫长凳上坐好。

"阿敏，阿兄，我想没人准我说这件事。我向你发誓，我不知道亚希尔究竟什么时候才会回来。要是他知道我没管好自己的嘴巴，准会把我的舌头给切了。看到你我好惊喜，就顺口说出一些我不该说的话。阿敏，你懂我意思吗？"

"我会装出什么都不知道的样子。可是我得搞清楚我太太到底在这里搞些什么，她到底有什么盘算……"

"警察派你来的？"

"我提醒你，丝涵是我太太。"

蕾拉心神不宁，看起来自责得要命。

"当时我不在这边，阿敏。这是真的。你可以去查。我去我大女儿家，她要帮儿子割包皮。你好多姨妈和堂姐妹都在场，还有好多你应该也认识的亲戚。那个星期五我不在家。"

看到她这么惶恐，我连忙安慰她。

"蕾拉，不急。这边只有我，你的阿兄，我既没带武器，也没带手铐。给你造成困扰，我很自责，这点你是知道的。而且我也不是为了惹麻烦才来这里的；既不想带给你麻烦，也不想带给你家人麻烦……我在哪可以找到亚希尔？我比较希望他来回答我的问题。"

蕾拉求我别把我们的谈话告诉她先生。我向她保证不会。她跟我说了亚希尔工作的榨油工厂地址，一路送我到街上，看着我直到我离开为止。

我想在广场附近叫出租车，但连一辆都没看到。过了半小时，正当我打算打电话给晶恩的时候，有个没有出租车执业登记证的司机招揽我搭他的车，只要几个小钱就送我到想去的地方。他是个壮硕的小伙子，笑眯眯的，留着怪里怪气的山羊胡，以夸张的谄媚姿势打开车门，半推半拉，把我塞进他的老爷车里，车里的座位破烂不堪。

我们绕过广场，然后就开上一条坑坑洼洼的路，驶离热闹的小镇。我们在弯弯曲曲的路上行驶，沿路交通险象环生，最后终于穿越田野，开上一条通往高地的路。

"你不是这附近的人？"司机问我。

"不是。"

"来看家人？还是做生意啊？"

"都有。"

"你从很远的地方来的吗？"

"我不知道。"

司机摇了摇头。

"你不喜欢聊天。"他说。

"今天不。"

"看得出来。"

我们驱车在尘土飞扬的路上开了好几公里都没碰到半个人。太阳大刺刺照在布满石头的小丘上，这些小圆丘一个接一个，好似躲在后面窥伺我们。

"我啊，我嘴巴贴上封条就开不了车，"司机又说话了，"如果要我不讲话的话，我整个人会爆掉。"

我还是不发一语。

他清了清喉咙，继续说道："我从没看过像你这么干净的手，保养得这么好。你该不会是医生吧？只有医生才会这么仔细照顾自己的手。"

我转过头去，望着无边无际的果园。

司机被我闷不吭声的样子给惹毛了，夸张地叹了口气，接着就在置物盒里东翻西找，拿出一卷录音带，立刻就塞进卡带匣。

"这位朋友，你听听看，"他喊道，"没听过玛尔万教长传道的人，这辈子就只算活了一半。"

他转着旋钮，把声音调高。车厢内充斥着嘈杂声，不时还夹杂着狂喜和喝彩的叫喊声。有人——可能是讲道者——用手指敲了敲麦克风以平息喧哗。躁动平息了下来，有些地方还不时冒出一两个声响，接着就是一阵全然寂静，随后便传来玛尔万伊玛目清亮的声音。

"我的弟兄们，可有任何东西能像真主的脸庞一般光辉吗？在这个瞬息万变、不可靠的尘世中，可有其他更崇高的光辉能让我们转过头去、不正视安拉的脸庞吗？告诉我有哪些？吸引心智单纯和受苦受难者的浮夸幻影？暗藏着沉沦陷阱的海市蜃楼，在日光照射下便会消失于无形的虚幻？兄弟们，告诉我，有哪些？当最后一天到来之时，当地球只剩尘土之时，最后只剩下灵魂的毁灭时，我们该怎么回答自己'这辈子都做了些什么'这个问题？我们拿什么去回答真主？当真主问我们，问我们所有的人，无论老少：你这辈子做了些什么？你可曾拿我的先知先觉、拿我的慷慨施与做了些什么吗？你可曾担下我所托付给你的任务？而这一天，兄弟们，你的财富，你的关系，你的盟友，你的支持者对你不会有任何帮助。（现场欢声雷动，但很快就被教长的声音给压了下去）我的弟兄们，一个人的财富不是他所拥有的，而是他留下了些什么，这就是真理。弟兄们，那我们拥有什么呢？我们身后又能留下些什么呢？一个祖国？哪个祖国？一段历史？哪段历史？几座纪念碑？它们在哪儿呢？各位奉你们的祖先之名，表现给我看！每一天，我们不是惨遭毁谤中伤，就是得在法庭相见；每一天，坦克都压过我们的双脚，弄翻我们的车，破坏我们的家园，毫无预警就朝我们的孩子身上扫射；每一天，全世界都眼睁睁地看着我们的不幸……"

我的拇指朝退出键按下去，录音带跳了出来。司机被我的举动吓了一跳，双眼圆睁，张开嘴叫道："你在干嘛啊！"

"我讨厌听道。"

"什么？"司机因为愤怒而差点说不出话来，"你不相信真主？"

"我不相信真主的圣徒。"

司机用力踩下刹车，力道之大，车轮都锁死了，整辆车往旁边偏滑了几公尺，才在马路中间打横着停了下来。"你这个疯子！"司机整个人暴跳如雷，怒吼道，"你怎么敢对玛尔万教长大不敬！"

"我有权这么做。"

"你没有！你什么权都没有！你在我的车上。不管在这里还是别的地方，我都不能忍受恶劣的人渣污蔑玛尔万教长！你给我滚下车，从我视线消失。"

"我们还没到啊。"

"到了到了！已经到了！终点站！你自己滚下车，否则看我赤手空拳把你屁股的皮给剥了。"

说完这句话，他骂了句粗话，往我这边的车门靠过来，边咒骂边打开车门，把我推出车外。

"臭杂种，别在街上被我堵到。"他威胁我。

呼的一声，他狠狠关上车门，猛地一回转，在一串引擎作响声中，朝伯利恒方向扬长而去。

我站在小路中央，张大了嘴，眼睁睁看他远去。

我坐在一块大石头上，等着车辆经过，但没看到半辆车驶近，我站起来，只好继续步行，走了好几里路，直到被一个赶着马车的车夫从后头追上我为止。

亚希尔看到我出现在榨油厂门口有点犹豫，两名青少年在榨油机旁边干活，正在检查从槽里如瀑布般奔流而下的橄榄油。

"哟，真没想到，"我们俩边紧紧拥抱，他边说道，"我们的外科医生，活生生地出现在我眼前。你怎么没告诉我们说你要来呢？我可以派人去接你。"

他的热情像是硬装出来的，让人无法信任。

他看了看表，转向两个青少年，对他们嚷道说他得先走一步，剩下的活儿就交给他们。接着就挽着我的胳臂，推我上了一辆老旧的小卡车，车就停在小土丘山脚旁的一棵树底下。

"回家吧。蕾拉看到你会很高兴……除非你来这边以前已经先见过她了。"

"亚希尔，"我对他说，"少兜圈子。我既没时间也没这个意愿。我来这边是有目的的，"我当机立断，希望给他来个出其不意。"我知道袭击发生的前一天，丝涵来过伯利恒，到过你家。"

"谁告诉你的？"他很慌乱，惊恐地朝榨油厂那瞥了好几眼。

我边从衬衫口袋掏出那封信，边骗他。

"丝涵当天就告诉我了。"

他的脸颊一阵紧缩。他吞了口口水，喃喃说道："她没有待很久。只是匆匆经过，来看看我们。那天蕾拉去了我们女儿家，在隐加仑，丝涵甚至连杯茶都没喝，一刻钟后就走了。她到伯利恒来不是为了看我们。那个礼拜五，玛尔万教长要去大清真寺。你老婆要他帮她祈福。我们是到了事后，在报纸上看到她的照片才知道怎么回事。"

他摆出对待同志的姿态，搭着我的肩，向我坦承："我们非常以她为傲。"

我知道他这么说是为了让我好过些，要不就是为了拍我马屁。亚希尔不是个懂得冷静的人，稍微一点突发状况都会让他坐立难安。

"你以她去送死为傲？"

"送死？"他好像被咬到似的，吓得跳了起来。

"或者你比较喜欢说送她去被烧成焦炭……"

"我不喜欢这些说法。"

"那好，我就重组一下我的问题：要某人为了让其他人活得自由快乐而送死，有什么好骄傲的？"

他将双手举到胸部，求我降低音量，因为那两个年轻人就在不远的地方，亚希尔招手要我跟他到小卡车后面。他的步伐焦躁不安，老绊到石头。

我问了他一串问题："然后呢？为什么呢？"

"什么为什么？"

他的恐惧，他的痛苦，他脏兮兮的衣服，他那张胡子没刮好的脸，还有他那双睡眼惺忪的眼睛，引得我一把无名火冒了上来，越来越火。我全身上下，从头到脚，都在颤抖。

"为什么？"我咕哝着，因为我自己的疑问而生气，"为什么为了其他人的幸福，就要牺牲掉某些人呢？通常都是那些最优秀、最勇敢的人，才会选择奉献自己生命，来拯救那些怯懦的人。那么，为什么要牺牲一人的性命，来让不怎么样的人存活下去呢？难道你不觉得这是对人类这个物种的破坏吗？如果总是要那些最优秀的人去为那些胆小鬼、伪君子、江湖术士牺牲，好让他们继续像老鼠一样迅速繁衍下去，几个世代后会存留下什么样的人类？"

"阿敏，我听不懂你在说些什么？从古至今，世事总是如此，某些人为了拯救他人而死。难道你不相信他人会因此获得救赎吗？"

"破坏了我的生活，我就不信。现在你们把我这辈子给搞砸了，毁了我的家，毁了我的事业，把我从额头一滴一滴滴下的汗水、一块石头一块石头建立起来的一切给化为灰烬。一夕之间，我的梦想像纸搭的城堡那样崩溃瓦解。原本我唾手可得的一切都消失无影踪。呼！一切都随风而逝！我失去了一切，换来了一场空。当你们在新闻上看到我最珍爱的人死亡的消息，看到她在满是小孩的餐厅内引爆炸弹，并为此感到欢欣雀跃时，有任何人想过我所承受的悲痛吗？可是你，你却要我相信我应该以最快乐的男人自居，因为我太太是个'女英雄'，她奉献了生命，奉献出自己的舒适安逸，奉献出我的爱，甚至没有咨询过我，也没要我做好最糟的心理准备！我成了什么了啊，我？当我不愿面对这件人尽皆知的事时，我看起来是什么模样？我看上去就像是个可怜的戴绿帽的。我成了众人的笑柄，一个被老婆从头到尾骗得团团转的男人，还像个白痴似的，使劲想让老婆的生活尽量过得愉快些。"

"我觉得你搞错说话的对象了。我跟这件事一点关系都没。我不知道丝涵打的是什么主意。打死我，我也不相信她做得出这种事来。"

"你刚不是说你以她为傲？"

"不然我还能说什么？我不知道你事先不知道她的计划。"

"要是我察觉到她一丝一毫的意图，你以为我会鼓励丝涵用这种惊世骇俗的方式去奉献？"

"阿敏，我真的很内疚。原谅我，要是……我……我是说，我现在什么都搞不懂了。……我不知道该说些什么。"

"不知道该说什么，那你就把嘴给闭上。这样一来，至少你不会说错话。"

第十章

我为亚希尔感到难过。他惊慌失措，脖子埋在脏兮兮的烂衣领下，彷佛在等着天空坍塌到他脑袋上。他假装专心看着马路，免得和我的眼神交会。我显然找错人了，亚希尔不是那种在危急当中值得信任的人，他更不可能参与筹备杀戮。60足岁的他双眼下垂，嘴巴塌陷，是个不中用的老头，我只要在一瞬间就可以用手指头把他捏碎。既然他说他对那场袭击事件一无所知，那应该就是真的。亚希尔从来不冒险，我不记得看过他出言抗议，也没见过他卷起袖子找人理论。正好相反。他选择躲回他的壳里面，宁愿躲在里面等事情过去，也不敢出言讲出任何一点点的异议。他对条子莫名恐惧，对政府机关盲目服从，将自己压缩到最简单的苟延残喘形式——努力不懈干活以维持生计，将每口面包都视为是勇敢抵抗厄运的行为。而我看他在驾驶座上缩成一团，脖子干瘪，灰头土脸，因为被我找上而深感罪恶，我才充分理解到我来找他的做法实在太不明智了。只不过，我要怎么扑灭那一股刺穿我五脏六腑的余焰呢？我的自尊心被撕得粉碎，我的疑惑依旧存在，我的悲伤无人重视；虽然我知道事实为何，但我又该如何面对镜中毫无掩饰的自己呢？自从莫榭队长放我出来，丢下我一个人，我怎可能闭上眼睛，若无其事地面对丝涵的微笑？每当我想起昔日搂着她的腰，站在我们的花园里，对她诉说我俩期待的美好远景及我帮她拟定的重大计划，她那样的温柔，彷佛是把我的嘴唇当成她慰藉的泉源。我现在依然感觉得到她带着无比迷恋与信任，与我十指紧扣，在当时的我看来，那就是永恒。她坚信美好的明天，每当我心灰意冷，她就会全心全意鼓励我。我们是如此幸福，彼此那么信任。是哪种巫术，让我在她身旁帮她设下的铜墙铁壁自行坍塌，犹如盖在浪花中的沙堡那般？我全然确信的神圣誓言竟是如此不可靠，就跟密医的话一样不可信，这样叫我怎能继续相信下去？这些问题我都没有答案，所以我才到伯利恒来挑衅命运。我无法得到慰藉，我赤裸又一无所有，我现在简直有自杀倾向了。亚希尔说他得把小卡车停到车库，因为通往他家的路小，车子进不去。

好不容易找到几句无关痛痒、说出来不会出错的话，让他松了一口气。我准他爱把自己的破车停在哪就停哪。他猛点头，彷佛正在运送不可承受的重担，随即朝一条人潮汹涌的交通干道加速冲去。我们先经过尘土飞扬的广场，有个卖肉串的小贩正忙着赶开在他那一大块肉上飞舞的苍蝇，然后又穿过一个乱七八糟的区域。之前提到的那个车库位于一条凹凸不平小路的角落，对面就是一块空地，空地上堆满了坏掉的木箱和玻璃碎片。亚希尔按了两声喇叭，等了好几分钟，才听到开锁的声音。一扇蓝得令人难受的滑门拉开，发出金属刮擦的声音，亚希尔把车子前进又后退了几次，想把车头停入一个有遮篷的停车空间，很熟练地穿过一个只剩残骸的起重机和一辆变形的四轮驱动车。有个衣冠不整、头发蓬乱的警卫伸出一只懒洋洋的手跟我们打了声招呼，又把滑门给关上，然后就回去忙他自己的了。

　　"这里原本是个废弃仓库，"亚希尔换个话题，"我儿子阿戴勒买下来好挣口饭吃。他想投资修车厂。可是我们附近的邻居都很有办法，不可能把他们的老爷车拿来保养，黑手生意撑不下去，计划也跟着泡汤，害阿戴勒赔了好多钱。他现在等着别的机会东山再起，只好先把仓库改建成停车场，让附近居民停车。"

　　眼前有六七辆车子静静停着。有几辆车的轮胎扁了，挡风玻璃碎了，已不堪使用。停在稍远阴凉处的一辆大车吸引了我注意。这是一辆奶油色的旧款奔驰，半个车身被篷布覆盖。

"阿戴勒的车。"亚希尔顺着我的视线，骄傲地说。

"他什么时候买的？"

"我不记得了。"

"为什么不开呢？这是他收藏的车吗？"

"不是的，只不过阿戴勒不在的时候就没人开。"

好多个声音在我脑海此起彼伏。首先就是莫榭队长的声音——特拉维夫到拿撒勒的巴士司机说你老婆上了一辆旧款的奶油色奔驰——纳威德·瑞内的声音遮掩住了莫榭队长的声音——我岳父就有一辆一样的。

"阿戴勒呢？"

"生意人嘛，你是知道的。一天在这，一天又在那，看看能不能发笔意外之财。"

亚希尔的脸又皱了起来。

我在特拉维夫很少接待亲朋好友，不过阿戴勒经常来看我。他年轻，充满活力，一心想成功，不惜任何代价。他还不到 17 岁，就建议我跟他合伙做电话生意。他看到我的态度很保留，于是过了一段时间又带着另一个计划来找我。他想投入从事回收汽车零件这行。我不厌其烦地解释给他听，说我是外科医生，除此之外别无他志。那段期间，他每次到特拉维夫，都会到我家拜访。他是个很棒、很有趣的男孩子，轻而易举地就让丝涵把他当成自己人。阿戴勒的梦想是在贝鲁特成立一家公司，再通过这家公司扩大发展，征服阿拉伯市场，尤其是波斯湾几个国家的市场。不过我已经一年多没看到他了。

"阿戴勒跟丝涵一起回你家吗？"

亚希尔紧张地摸着鼻梁。

"我不知道。她来的时候，我在清真寺，星期五有祷告。她只有看到我外孙伊沙姆，他看家。"

"但你刚才说她连杯茶都没喝。"

"那只是形容的说法呀。"

"那阿戴勒呢？"

"我不知道。"

"你外孙伊沙姆知道吗？"

"我没问过他。"

"伊沙姆认识我太太吗？"

"应该认识吧。"

"从什么时候开始认识的？丝涵从没来过伯利恒，你，还有蕾拉，还有你外孙也从没来过我家。"

亚希尔变糊涂了，双手做了一个模糊的手势："阿敏，回家吧。咱们边喝杯好茶，边安安静静地聊吧。"

回他家后，事情更复杂。蕾拉躺在床上不起来，床边有个邻居大妈。蕾拉的脉搏很低。我建议把她送去最近的诊所，亚希尔说不用了，解释说我干姐蕾拉正在接受治疗，都是因为她每天吞了一大堆的药，所以才会出现这种状况。过了一会儿，蕾拉昏昏沉沉睡了过去，我跟亚希尔说我想当面跟伊沙姆谈谈。

"好，"他不太热心地说，"我去找他。他就住在离这不远的地方。"

二十多分钟后，亚希尔回来了，身边还有一个橄榄肤色的小男孩。

"他生病了。"亚希尔先警告我。

"既然如此，你就不该带他来。"

"我是被逼的……"他火了，抱怨了两句。

伊沙姆没告诉我什么新讯息。显然，他外公在把我介绍给他之前，已经告诫过他。伊沙姆认为丝涵是一个人来的。她跟他要写字的纸笔。伊沙姆就撕了张笔记本的纸给她。丝涵写完后，递给他一封信，要他帮她寄掉，他照办了。伊沙姆走出那条街的时候，注意到街角有个男人。他不记得那人长什么样子，不过他知道那个人不是本地人。等到他寄完信回家后，丝涵已经走了，陌生人也消失不见。

"就你一个人在家？"

"对。外婆去了隐加仑的姨妈家。外公在清真寺。我边写功课边看家。"

"你认识丝涵？"

"我看过阿戴勒照相簿里面的照片。"

"你马上就认出她来了？"

"没有马上。可是她一说她是谁，我马上就想起来了。她没有特别想找谁，只不过她要走的时候先写了封信。"

"她怎么样？"

"好美。"

"我不是说这个。她看起来很匆忙吗？还是诸如此类的？"

伊沙姆在想。

"她看起来很正常。"

"就这样？"

伊沙姆看了看他外公，什么都没补充。

我突然转过头去看亚希尔，冲口而出："你说丝涵来伯利恒的时候，你没看到她。伊沙姆也没告诉我们些什么，都是些我们已经知道的。那你凭什么说我太太到伯利恒来是为了让玛尔万教长帮她祈福呢？"

"我们这儿就算小毛头都会这么告诉你，"他反驳，"全伯利恒都知道丝涵在袭击前一天到过伯利恒。她现在已经有点变成全城的偶像。有的人还发誓说自己当天跟她说过话，还亲了她的额头。这是咱们这儿很常见的反应，本来就会帮死去的人虚构出形形色色的神话。传言或许很夸张，可是大家都说，就在那个星期五，玛尔万的确有帮丝涵祈福。"

"他们在大清真寺见的面？"

"不是在祷告期间。而是祷告完了很久以后，所有信徒都回家后。"

"我知道了。"

隔天一大早，我就出现在大清真寺。有几个祷告的信徒才刚拜倒在正厅地板铺着的大片鸭绒毯上；其他人则兀自在角落沉浸于诵读《古兰经》。我在圣殿前入口处脱了鞋，进入寺中。我向一个缩成一团的老头打听这里有没有负责人，我有事情想请教他。老头正在祷告，受到我的干扰很生气。于是我另外去找找看有没有人可以帮我。

"有什么事吗？"我背后传来一个声音。

是个年轻人，脸型瘦削，身材非常高大，目光深沉，鹰钩鼻。我向他伸出手，他没握住。他对我这张脸毫无印象，所以对我侵入十分注意。

"我是阿敏·贾法理医生。"

"有何贵干？"

"我是阿敏·贾法理医生。"

"我听到了。有什么需要帮忙的吗？"

"我的名字你觉得没什么印象吗？"

他撇了撇嘴，支支吾吾的："我不懂你的意思。"

"我是丝涵·贾法理的先生。"

这个信徒眯起眼睛，想搞清楚我的来意。过了一会他额头上突然出现好几道抬头纹，脸色大变。他一手抚心，嚷道："天哪！我怎么没想到！"随后便连声道歉。"我真的太不可原谅了。"

"不要紧。"

他张开手臂，紧紧拥我入怀。

"阿敏弟兄，非常荣幸能够认识您。我立刻通报伊玛目您的到来，我确定他一定很乐意接见您。"

他请我在大厅等候，连忙朝讲经台那边走去，掀起遮住接见室的帷幔，然后就消失了。少数几个靠着墙在诵经祷告的信众则好奇地打量我。他们没听到我的名字，不过他们注意到那名信徒在奔去通报之前态度骤变。有个大胡子索性放下他的《古兰经》，大刺刺地盯着我看，害得我很不舒服。

我想我看到帷幔的一角拉了起来，立刻又放下，可是讲经台后面一个人都没现身。五分钟后，那个忠实信徒回来了，一脸不高兴。

"很抱歉，伊玛目不在。他出去的时候，我大概没看到吧。"

他发现其他信徒在盯着我们，于是就用他那阴沉的眼神逼着他们转过头去。

"他会回来主持祷告吗？"

"当然……"他迟疑了一下，补充道，"我不知道他去哪了。搞不好要等好几个钟头才会回来。"

"没关系，我在这边等他。"

他不知所措，举起双臂以示尊敬，接着就退下了。

我在柱旁盘腿坐下，拿了本圣训书放在膝盖上，随手翻开一页。那位忠实信徒再度出现，假装在跟一个老头说话，又在大厅里穷打转，令人想起关在笼里的困兽；接着他就走到街上。

一个钟头过去，第二个钟头也过去了。快到中午时分，不知道从哪里跑出来三个年轻小伙子，走到我身边。一阵惯常的礼貌寒暄后，便说我到清真寺来没用，请我离开此地。

"我要见伊玛目。"

"他人不舒服。今天早上身体出了点小毛病，要好几天后才会回来。"

"我是阿敏·贾法理医生……"

"很好，"其中最矮的一名男子打断我，这是一个三十来岁、颧骨隆起、额头上有刀疤的男子。"现在回家去吧。"

"我没跟伊玛目讲话就不回去。"

"他身体一好，我们就会通知你。"

"你们知道到哪里可以找到我吗？"

"伯利恒没有秘密。"

他们把我往出口处推，虽说是轻推却很坚定，耐心十足地等我穿回鞋子，默默陪我一直走到街角为止。

三名陪我走出来的男子中，有两人继续跟着我，一路看着我走回市中心。他们毫不掩饰。他们就是要让我知道：他们还在盯着我，所以我最好继续往前走，免得惹上麻烦。

当天是市集摆摊的日子，广场上挤得水泄不通。我走进一家暗蒙蒙的咖啡馆，点了杯不加糖的黑咖啡。又在一扇布满指印和苍蝇屎斑点的玻璃窗旁找了个位子坐下，望着窗外热闹滚滚的市场。这家咖啡馆内摆满了简陋的桌子和坐上去会唉声叹气乱叫的椅子，酒保目光呆滞，人就缩在吧台后面，吧台前好几个老人家则坐在他无神的眼光底下。我旁边有个干干净净、五十来岁的男子正在抽水烟筒。稍远处，好几个年轻人玩骨牌玩得正起劲。我就躲在这儿，直到祷告时间，听见了宣礼员的呼叫声，我决定重回大清真寺，希望趁伊玛目在主持祷告时，当面找到他。

在入口处，我被早上跟着我的那两名男子给拦下。他们看到我很不爽，不准我靠近圣殿。

"医生，你这么做不好。"个子比较高的那个对我说。

于是我只好转回蕾拉家，等待下次祷告时间。

同样的情形，我还没到清真寺，就被他们拦下。这一次，第三名男子加入了我这群"守护天使"的行列，他们因我的固执而感到相当懊恼。第三名男子穿得很体面，个子虽小，却相当精壮，蓄着短须，手指上戴着一只大大的银戒指。他要我跟着他，到了一条死巷子内，确定不会有冒失鬼闯入之后，他问我到底打算怎么样。

"我要见伊玛目。"

"你见他要做什么？"

"你很清楚知道我为什么来这。"

"或许吧，可是你不知道自己惹上的是谁。"

威胁明白清楚，他想用目光把我给宰了。

"医生，看在上天慈爱的分上，"他按耐着快到极限的怒火，"照我们的话做：回你家去。"

他把我一个人扔在原地发呆，然后就走了，他的同伴紧跟在后。我又回到亚希尔家，等着昏礼祷告[①]，并且这次一定要把伊玛目逼到角落，让他无路可退。这中间晶恩打过电话给我。我要她放心，答应晚上以前会打电话给她。

太阳蹑手蹑脚地消失在地平线，街上嘈杂声渐息，一阵微风吹进午后被太阳烤得闷热无比的内院。几分钟前亚希尔刚祷告完回到家，看到我还在他家觉得很碍眼，可是听到我不会在这过夜，他松了一口气。

听到宣礼员的召唤，我走上街，第三度径直往清真寺走去。清真寺的守卫没等到我直捣黄龙，他们早就料到我有这招，就在离亚希尔家几步路远的地方，把我逮了个正着。一共五个人，两个

---

① 伊斯兰教每日从早到晚共需进行五次礼拜，依次为：晨礼、晌礼、晡礼、昏礼、宵礼。

人站在巷口，另外三个把我推进一扇供车辆通行的大门里。

"医生，别玩火。"一个高个儿把我推得贴在墙上，对我说道。

我死劲想挣脱他的控制，可是他力大无比的肌肉纹风不动。他的眼睛在逐渐转黑的夜色中冒出骇人的火花。

"没人会被你的瞎胡闹吓到，医生。"

"我太太在大清真寺里面见过玛尔万教长。这就是我希望见伊玛目的原因。"

"别人跟你乱说的。我们不希望你在这里。"

"我招谁惹谁了？"

我的问题让他既好气又好笑。他靠到我肩上，在我耳边低声说道："你把整个伯利恒城搞得鸡飞狗跳。"

"说话注意点，"那个高颧骨、额头有疤的小矮个提醒他，他在清真寺曾经跟我说过话。"我们这儿又不是猪圈。"

先前那个没教养的男人强压住一肚子火，倒退一步。回到自己的位置，站在一边一动也不动。

矮个子用比较亲切的语气向我解释："阿敏·贾法理医生，我敢肯定你一定不知道你到伯利恒来，会对这里造成多么大的不方便，让这里的人变得疑神疑鬼。大家之所以提高了戒心，原因是我们不想回应挑衅。以色列人一心想找机会来分化我们族群，还想把我们赶到贫民窟里面集中居住。我们心知肚明，他们一直想设计让我们犯错，但我们尽量不要犯这种错，可是你的行为却刚好落入了他们的圈套。"

他直直盯着我的眼睛看。

"我们跟你夫人没有任何关系。"

"可是……"

"拜托你，贾法理医生。请体会我的立场。"

"我太太见过玛尔万教长，就在这座城市里面。"

"大家的确是这么说的，但事实并非如此。玛尔万教长已经好久都没来这边了。我们放出这些谣言为的就是让他逃过伏击。每次他想到哪里露面，我们就会故意放出谣言，说他在海法、伯利恒、杰宁、加沙、拿撒勒、拉马拉，到处都放一点话，就是为了混淆视听，保护他的行踪。以色列特工在追捕他，到处布下耳目，只要教长暴露行踪，警报就会响起。两年前，他奇迹般逃过了从直升机上发射、由无线电控制的导弹袭击。我们也曾因为这样而失去了许多领导人物。你还记得亚辛教长吧？他在玛尔万教长这个年龄的时候，就被当成以色列暗杀的对象，成了一辈子都得坐在轮椅上的残疾人。我们得保护好我们仅存的几位领导人，贾法理医生。你的所作所为对我们没有帮助……"

他一只手搭在我肩上，继续说道："你夫人是一位烈士。我们永远感念她。但你也并不因此而拥有权力，来对她的牺牲穷嚷嚷或做出危及任何人的事情。我们尊重你的伤痛，也请你尊重我们的抗争。"

"我想知道……"

"贾法理医生，时机还不成熟，"他断然打断我，"拜托你，回特拉维夫去。"

他示意他的人退下。

只剩下他和我两个人时，他用两只手搂着我的脖子，踮起脚尖，用力吻我的额头，随后就头也不回地走了。

第十一章

晶恩一听到门铃声马上冲到门边。她连问都没问，立刻就帮我开了门。

"天哪！"她大声叫着，"你到哪里去了？"

她先确定我是否安然无恙，看了我的衣服和脸，确认我身上没有任何遭到暴力胁迫的痕迹，接着要我看她的手："好极了，多亏你，我又犯了咬指甲的老毛病。"

"我在伯利恒叫不到出租车，因为有岗哨在检查，所以没有黑车拉客。"

"你应该打电话给我。我可以去接你。"

"你找不到路的。伯利恒是个乱七八糟的小城，一到晚上就严格执行宵禁。我也不知道可以跟你约在哪里见面。"

"好，"她让我进门，"至少你还好手好脚的。"

她在凉廊那边摆了张桌子，还铺了桌布。

"你不在的时候，我去买了东西，希望你还没吃饭，因为我帮你准备了一顿大餐。"

"我快饿死了。"

"好消息。"她说。

"我今天流了好多汗。"

"我想也是……浴室可以用了。"

我回房里去拿盥洗用品。

我在莲蓬头喷出的滚烫热水下待了二十多分钟，双手撑墙，背部拱起，下巴内缩。淌过我身上的水流让我放松。我感觉到肌肉松弛，呼吸平和。晶恩从浴帘后面伸出手来递给我一件班杰明的浴袍。她这么羞怯的样子，引得我微微一笑。我用大毛巾擦身体，用力擦我的手臂和腿，套上这件太大的浴袍后，就到凉廊去找晶恩。

我才刚坐下，就有人按门铃。我和晶恩面面相觑，搞不清状况。

"你在等人？"我问她。

"应该没有吧。"她边说，边走过去开门。

一个头戴犹太人圆形无边小帽、穿着贴身汗衫的高大男子猛一下推开晶恩，走了进来。他的视线越过晶恩，快速看了我一眼，于是说道：

"我是住 38 号的邻居。我看到有灯光，就过来跟班杰明打个招呼。"

"班杰明不在，"晶恩对他说，对于来者的粗俗无礼感到恼怒，"我是他妹妹，晶恩·耶胡达医生。"

"他妹妹？我从没见过你。"

"你现在见过了。"

他点点头，目光又落到我身上。

"好，"他说，"希望没打扰到你们。"

"不会。"

他举起手致了意后就走了。晶恩走到门外看他走远，才又关上了门。

"脸皮还真厚，"她边走回餐桌，边念念有词。

我们开始用餐。周遭的夜间虫鸣声越来越嘹亮。有只大蛾在门楣上的电灯泡周围疯狂打转。在过去飘荡着许多情歌的天空中，有一弯新月高挂云端。这栋建筑的后方有一堵小墙，可以看到耶路撒冷的灯火及城内的清真寺尖塔和教堂塔楼，如今这座城里的这两个不同信仰区域，已被一道既亵渎、又悲惨丑陋的人造墙分隔，这道墙是因为人类的软弱与无可救药的可憎言行而生。尽管这道不协调的墙破坏了这座城市的样貌，耶路撒冷依旧不屈不挠。耶路撒冷一直都在这儿，位于气候温和的平原与严峻的朱迪沙漠之间，并且从上帝那里获得力量继续存在下去。这股神圣的力量，无论是过去任何一位统治者或今日任何一个骗子，都无法滥用的。这座城市因为不公不义和各种苦难感到愤怒，却依旧保持信念——今晚更胜以往。这座城市彷佛在烛光中为祈祷文深深着迷，好像这座城市的人们准备入睡之际又从预示中获得力量。整座城市像座平和的港口，陷入寂静。微风抚过树梢，满是芬芳与馨香。你只需侧耳倾听，便可感知诸神的脉动；只需伸出手来便可获得诸神的悲怜；只需用心，便会与诸神同在。

我小时候好喜欢耶路撒冷。不论我是在穆斯林的圆顶清真寺，还是站在犹太教的哭墙脚下，我都有同样的感动；基督徒的圣墓大教堂所散发出的详和也令我深受感动。我带着同样的欢喜，从这区到了另一区，好比是从中欧犹太传奇走进了贝都因神话，我不需要当一个违背良心行动的异议分子，去猜疑种种基于憎恨并且以武力和言词为手段的政策。光是凝视着耶路撒冷神圣的建筑，就足以让我挺身反对所有可能伤害到这个城市庄严伟大的邪恶势力。今日这座城时而端庄如圣女，时而性感如嫔妃；它对市民的喧闹骚动感到不满，它在绝望中依旧盼望它底下的居民能够获得启发，使居民的心智脱离黑暗的折磨。这座城市时而是诸神的居所，时而是贫民的聚集地；有时它是赋予灵感的缪斯女神，有时又是别人的姘头；它是圣殿也是剧场，它虽然能激发诗文，同时又煽动激情。这座忧愁的城市正在崩毁，就像遭受枪支亵渎的祷告，正在瓦解。

"你还好吧？"晶恩问我。

"什么？"

"你今天过得怎么样？"

我用餐巾擦了擦嘴。

"他们没想到我会去，"我说，"现在他们得给我个交代，所以不知如何是好。"

"这么严重？你到底有什么计划？"

"我没有。我不知道该从哪开始，只是往前猛冲而已。"

她开了一瓶气泡矿泉水。她的手微微发抖。

"你觉得他们会让你为所欲为吗？"

"我什么都不知道。"

"既然如此，那你到底想怎么样？"

"该告诉我的是他们，晶恩。我既不是条子也不是专门负责调查的记者，我唯一拥有的就是愤怒，要是我不采取行动，愤怒就会把我生吞活剥。老实说，我不知道自己究竟想干嘛。我听从自己内心里面的某个想法，顺着它的意带领我往前。我不知道我要去哪，我不在乎。不过你大可放心，在搅乱了那个蚂蚁窝后，我感觉已经好多了。你真该看看我到他们那边时他们脸上的表情……你懂我的意思吗？"

"不怎么懂，阿敏。你这么做没任何好处。在我看来，你找错人了。你需要的是心理医生，而不是教长。那些人根本就帮不上你的忙。"

"他们害死了我太太。"

"丝涵是自杀的，阿敏，"她轻轻对我说道，彷佛怕惊醒我心中原本就存在的心魔，"她知道自己在做什么。她选择自己的命运。这不是同一码事。"

晶恩说的这番话，让我十分火大。

她握住我的手。

"如果你不知道你想做什么，为什么还要坚持盲目地乱冲呢？这么做不好。假设这些人不屑见你，你要怎么引他们出来呢？他们会告诉你说你太太是死得其所，要求你也追随你太太的榜样。他们这群人是亡命之徒，跟这个世界脱离了，阿敏，别忘了你自己对纳威德说过的话；他们随时准备好殉教，只要一有机会，他们随时有赴死的准备。我保证，你的决定是错误的。我们回家去吧，交给警方来办。"

我把手从她的手里抽出来。

"晶恩，我不知道我怎么了。我头脑清楚得很，可是我就是必须跟着自己的感觉走。我有一种感觉，觉得非得跟那个偷走了我太太的心的浑蛋面对面见过，才能对我太太的死释怀。我会跟他说什么，或是会不会痛打他一顿，这都不是重点。我只想看看他的嘴脸，搞清楚他有什么比我强的……晶恩，这很难解释。我脑袋里有很多想法。有时候我恨自己恨得要命；有时候，丝涵在我眼里又比所有贱货加起来更可恶。我一定要搞清楚，我和丝涵，我们两个之间究竟是谁错了。"

"你认为在这些人身上就找得到答案？"

"我什么都不知道！"

我的吼叫像炸弹爆炸般在寂静中回荡。晶恩瘫坐在椅子上，抹布放在嘴边，眼睛睁得好大。

我双手举高到肩膀的位置，让自己冷静下来：

"请你原谅我，我被这些事情弄得难以承受。可是你非得让我去做我想做的。就算我真的出了什么事，这搞不好就是我想要的。"

"我好担心你。"

"晶恩，我不曾怀疑过这点。有时候我对自己不明理的表现感到好惭愧，可是我不要明理。而且别人越想要我明理，我就越不想让自己恢复镇静……你能了解我吗？"

晶恩把抹布放到一边，不发一语。她的嘴唇颤抖了好久，才终于开口。她深深吸了一口气，眼神带着痛苦看着我，并且说道：

"好久以前，我认识一个人。他是个很普通的男生，可是我第一次看到他，他就打动了我的心。他人很好，很温柔。我不知道他怎么办到的，可是第一次约会后，他就成为我整个世界的中心。每次他朝我微笑，我都好像被雷打到，就算他对我扳着张脸也一样，甚至有时候我会在大白天把灯全部打开，好看清楚身边的一切究竟是不是真的。我爱他爱到几乎是无法想象的程度。到了幸福顶端的我，有时候会问自己这个可怕的问题：万一他离我而去怎么办？我顿时就看到灵魂离开了我的身体。没了他，我也完了。然而，有一天晚上，毫无预警，他把行李扔进箱里，走出了我的生命。多年来，我一直有种感觉，自己就像是蜕落后、惨遭遗忘的那层皮一样。一层悬挂在真空中的透明的皮。接着，又过了好几年，我发现自己依然存在，我的灵魂没有离弃过我，就在那个当下，我又神采飞扬……"

她用手指抓紧我的手，紧紧握着。

"阿敏，我想说的很简单。不要做最坏的打算，生命永远会为我们带来惊喜。如果我们很不幸地到了谷底，就得靠自己，唯有靠我们自己，才能决定自己要留在谷底还是回到地面。冷与热之间，只有一步之遥。但是你得知道要怎么走，因为很容易就会滑倒。一旦横冲直撞，就会跌进沟里。可是这是世界末日吗？我不认为。只要愿意接受事实，就可以战胜它。"

门外传来刹车的刺耳声音，接着就是大门砰砰作响，脚步声压住了虫鸣。有人敲门，随即又有人按门铃。晶恩过去开门。原来是警察，旁边站着38号的邻居。警官上了点年纪，金发，瘦削有礼；随行的另外还有三名警察，全副武装。带头的警官说明打扰到我们十分抱歉，并要求看我们的证件。我和晶恩各自回房拿他要看的证件，两人身后都各有警察跟着。

这名警官查验我们的身份证和工作许可证，在我的证件上看了又看。

"贾法理先生，你是以色列人？"

"这点你有意见吗？"

他被我的问题激怒，打量着我，将证件还给我们并对晶恩说道：

"小姐，你是班杰明·耶胡达的妹妹？"

"对。"

"你哥是我的老朋友。他还没从美国回来？"

"他在特拉维夫，准备论坛相关事宜。"

"说得也是，我忘了。我听说他最近刚动过手术。希望他现在已经好了……"

"我哥从没踏进过手术室一步，警官先生。"

他点点头，向晶恩比了个手势致意后，要他的人跟他到街上。关上屋门前，我们听到38号的邻居说他从没听班杰明说过他有妹妹。警车车门再度砰的一声响起，伴随着轮胎摩地的刺耳声扬长而去。

"人与人之间还真互信呢。"我对晶恩说。

"怎么会这样！"她边说边走回餐桌。

我整夜都没合眼。有时死盯着天花板，有时又抽着不知第几根烟；我再三咀嚼晶恩说的那些话，直到自己受不了为止，但我仍旧听不进那些话。晶恩不了解我，更糟糕的是，我没比她更了解我自己多少。不过，我再也受不了别人对我说教。我想听的只有占据我满脑子的这件事，任凭我再抗拒，它还是硬把我往隧道里拉，在其他出口都已经封闭的情况下，提供我一丝丝光明。

次日上午一大早，我趁晶恩还在睡梦中，蹑手蹑脚从她哥家中出来，跳上一辆计程车前往伯利恒。大清真寺中几乎空无一人。在临时图书馆里头有个忠实信徒忙着处理书的订单，来不及抓住我；我快步穿越祈祷大厅，掀起讲经台后面的帷幕，闯进一间毫无装饰、不起眼的房间，室内有名身着一袭白色长袍、头戴窄边软帽的男子，正在诵读《古兰经》。他盘腿坐在软垫上，面前有张矮桌。一名信徒冲到我背后，抓住我的肩膀；我把他推开，跟伊玛目面对面，伊玛目虽因我的入侵而感到震怒，但还是要信徒回到自己的岗位。后者边嘟囔着边退了出去。伊玛目将书合上，目不转睛地看着我，眼中满是怒火。

"这里可不是谷仓。"

"抱歉，这是唯一可以接近您的方式。"

"可是也不能这样。"

"我得跟您谈谈。"

"谈什么？"

"我是贾……"

"我知道你是谁。是我吩咐他们别让你接近清真寺的。我不知道你在伯利恒想找到些什么，也不认为你应该出现在我们这里。"

他将《古兰经》放在身旁一个小架子上，站了起来。他个头矮小，禁欲苦行，身上却流露出一股充沛的精力与不屈不挠的毅力。

他那双黑得令人印象深刻的眼睛沉重地看着我。

"我们不欢迎你，贾法理医生。你无权在未净身也没脱鞋的情况下擅闯圣殿，"他补上这句，边用手指擦了擦嘴角，"就算你失去了理智，也好歹做个表面工夫维持礼仪。我们这里可是祈祷的殿堂。而且我们知道你是个顽劣的信徒，几乎可说是个叛徒。你不顺着祖先的道路走，也不遵守他们的原则，而且你还与祖先划清界线，加入别国的国籍已经好久了。我说错了吗？"

看到我沉默不语，他露出相当轻蔑的神情，用简洁的语气说：

"就这情况来看，我不知道我们有什么好谈的。"

"谈我太太！"

"她死了。"他冷冷地回答。

"可是我还是无法接受。"

"这是你的问题，医生。"

他冷漠的语气，加上他斩钉截铁的处理态度，令我感到不安。我没办法相信一个亲近真主的人，竟然可以离人群如此遥远，竟然能对人类的苦痛如此无动于衷。

"我不喜欢您对我说话的方式。"

"有很多东西你都不喜欢，医生，但我认为，这样也无法让你逃避这些你不喜欢的事情。我不知道你接受过什么样的教育，唯一可以确定的是：你没上对学校。另一方面，谁准许你摆出这副盛气凌人的样子，或者让你自以为高人一等，凌驾于一般凡夫俗子之上？是你的社会成就吗？顺道说一声，凭着你夫人大无畏的精神，你也不可以摆出这种样子。我们也不可能因为你夫人的精神，就提高对你的尊敬。对我来说，你只是个不幸的可怜孤儿，一个没信仰、无法得救的悲惨孤儿，光天化日之下像个游魂般踟蹰徘徊。就算你能在水面上行走，也无法抹去你所象征的污辱。真正的杂种并不是'不知道自己生父的人'，而是'不知道自己身家传统的人'。他才是所有的害群之马中最该被同情、最不值得受人哀悼的人。"

他上下打量我，好像在想该从哪个地方咬我一口：

"现在快离开吧，你会把邪恶带进我们居住的地方。"

"我不准您……"

"出去！"

他的手臂指向帷幔，宛若一把利剑。

"还有一件事，医生：融合与分裂之间的界线不大，没有什么让人操弄的空间。"

"你简直就是个怪物！"

"我是已经受到启迪开窍了。"他纠正我。

"您自以为全心投入神圣使命。"

"所有的勇者都被赋予了一个神圣的使命。没有使命的人都是自负、自私、不义的。"

他拍拍手。显然还在门口听我们谈话的那名信徒过来架住我的肩膀。我气冲冲地推开他,又转过去对着伊玛目。

"在跟你们行动的负责人见面之前,我不会离开伯利恒的。"

"请你出去。"伊玛目对我说,拿起放在小架子上的《古兰经》。他又坐回垫上,就当我是空气。

晶恩打我手机找我。她非常介意我偷溜出去。为了弥补,我同意让她到伯利恒来跟我会合,而且还跟她约好在进城处的加油站见。然后我们就去我奶妈的女儿蕾拉家。

自从上次病倒后,她还没康复,我和晶恩留在蕾拉床边,深信伊玛目的人会现身。不久之后,亚希尔也回来了。他看到晶恩正在照料他妻子,却无意弄清楚晶恩是我的朋友还是紧急召来的医生。我们到另一间房里去聊天。为了不让我破坏他就要过完的一天,亚希尔细述他榨油厂目前面临的种种威胁,生存可能成问题,又说了他债台高筑,债权人向他发黑函等等。我听着他说,直到他发泄完为止。接着就轮到我，我告诉他我跟伊玛目的短暂会谈。他只是点点下巴，前额有道深深的皱纹。他很谨慎，未敢妄下评论，不过对伊玛目接见我的态度感到担心不已。

到了晚上，什么事都没发生，我决定再回去大清真寺。我在一条小巷子撞上了两名男子。第一个揪着我的衣领，踢了我一脚；第二个用膝盖用力撞我的屁股，让我倒在地上。我把受伤的手腕夹在腋下，用手臂挡住脸，蜷缩成一团好保护自己躲过如雨点般来自四面八方的拳脚。在拳脚相向中，他们说要是下回再看到我在这一带游荡，就要当场打死我。我站起来，拖着身子往大门通道走去，但他们拉住我的腿，把我拖到马路中央，对着我的背部和腿部拳打脚踢。几个出现在巷子里看热闹的人连忙落荒而逃，任凭我惨遭那两人狂怒的攻击。在一阵扭打和叫声中，我的脑袋里好像有什么东西突然爆开，随后我就失去意识……

等到我恢复神志后，我发现身边围了一群小孩。其中一个问我是不是已经死了，另一个回答他，说我八成是喝醉了——我一坐起来，所有人全都往后一跳，一哄而散。

夜幕低垂。我扶着墙，膝盖摇摇晃晃，脑袋嗡嗡作响。我花了好大力气，一路险象环生，才终于到了干姐夫家。

"天哪！"晶恩大声嚷道。

她跟亚希尔一起扶我在软垫长凳上躺平，解开我的衬衫。她很欣慰地发现，除了挫伤和擦伤外，我身上没有任何刀伤或枪伤的痕迹。晶恩对我进行一番初步急救后，便拿起电话准备报警——这个举动让亚希尔吓死了，他看起来好像心脏病发作似的。我跟晶恩说，我不可能会退却，尤其是刚刚才被痛打一顿。她则说我疯了，她要我立刻跟她回耶路撒冷。我断然拒绝离开伯利恒。晶恩意识到仇恨完全蒙蔽了我的双眼，而且我心意已决，什么都不能让我回心转意。

第二天，我全身作痛，拖着一只脚，又回到清真寺。没有人来赶我。有几个信徒，看到我并没有站起来祷告，还以为我是智障。

晚上，有人打电话到亚希尔家，告诉他半个钟头后有人会来接我。晶恩警告我说，这肯定是个陷阱；我却说我不在乎。我厌倦了跟魔鬼对峙，却只换来一顿毒打；我要看到完完整整的魔鬼，即便我的下半生要为此付出代价。

一开始先是个小男孩到亚希尔家来接我。他要我跟他到了广场，把我交给另一个少年。他带我在黑漆漆的郊区逛了好久，我怀疑他根本就是在原地打转，想让我搞不清东南西北。我们终于到了一间破破烂烂的商店。有个男人在降下了一半的铁卷门旁等候。他打发走那个少年，并请我跟着他走进那幢建筑物里。回廊尽头有好多空箱子，还有打开的纸箱散了一地，他把我交给下一个男人。我们穿过一个小院子，来到光线昏暗的内院。在一个空荡荡的房间，他要我脱光衣服，换上新的慢跑服和帆布鞋。这名男子向我解释，这些都是安全措施，以色列情报局可能已经在我身上安了电子监视装置，这样他们就能随时掌握我的行踪；他也不时确认一下我身上有没有带窃听器或任何诸如此类的小玩意。一个钟头以后，一辆小货车来接我。有人把我眼睛蒙住，让我躺在车子的地板上。车子开到较远处转了好几圈，然后我听到大门呀的一声开了，车子开进去后又关上了。有只狗开始狂吠，很快便遭到男人的喝止。有只手把我拉起来，扯开蒙眼的带子。我在一个大院子里，另一头有好多全副武装的身影，一动也不动正在等我。有那么一瞬间，一阵刺人的冷颤从我的背脊窜升；我突然感到好害怕，觉得自己跟被捕的老鼠没两样。

小货车司机抓住我的手肘，推我往右边的屋子走去。他没有陪我走很远，一个看似马戏团成员的强壮高个子，要我进到一间铺了羊毛地毯的房间中，那儿有个年轻人，穿着黑色的长袍，袖口和领口都有刺绣装饰，他张开双臂欢迎我。

"阿敏兄弟，大驾光临，蓬荜生辉。"他说道，口音略微带点黎巴嫩腔。

他的容貌我毫无印象。我应该没见过他，更不可能注意过他。他很英俊，双眼明亮，相貌端正，美中不足的是他留着浓密得好像假的大胡子；他应该没超过 30 岁。

他走近我，拥抱我，以圣战战士的方式拍着我的背。

"阿敏兄弟，我的朋友，我的命运。你不可能知道我有多荣幸。"

依我判断，就算我提醒他前一天他的手下才把我狠狠揍了一顿，大概也是于事无补。

"来，"他紧握着我的手，对我说，"在这张长凳上找地方坐，坐到我旁边。"

我盯着门边的巨人警卫队。接待我的主人点点头，轻微得让人几乎察觉不到，示意他们下去。

"昨天很对不起，"他说，"不过，你也算是有点自找的。"

"如果这是跟你见面得付出的代价，那我觉得也未免太贵了一点。"

他笑了。

"在你之前的其他人，可没这么轻易就被我们放过，"他略带傲慢地对我据实以告。"我们现在是禁不起任何冒险的时刻。只要稍有懈怠，一切都可能完蛋。"

他撩起长袍下摆，盘腿坐在垫子上。

"你的悲伤触及我的灵魂最深处，阿敏兄弟。真主可以作证，我受的苦跟你一样多。"

"我很怀疑。这种苦是我们不可能公平分享的东西。"

"我也失去过好几位挚爱的人。"

"我跟你不一样，他们受过的苦，我没经历过。"

他抿着嘴。

"看得出……"

"我来这里可不是什么礼貌性的拜访。"我说。

"我知道……我能为你做些什么？"

"我太太死了。但是在她跑进一群小学生中间把她自己给炸了之前，她到这座城市来见过她的心灵导师。"我继续说，"我没办法遏制愤怒像黑暗潮水般将我淹没。我还发现自己眼睛昏花，什么也没看见。我承认，我没看清楚全局，这样让我更生气。你告诉我，打什么时候开始的呢？我还是无法理解。我太太是个时髦的女性，她生前喜欢旅游和游泳，喜欢在店家外小口小口啜着柠檬汁；她对自己的秀发感到好骄傲，甚至不愿意用头巾把头发包住……像她这么一个连听到小狗哀叫都会不忍心的人，你们到底是跟她说了些什么，才把她变成怪物，变成恐怖分子，变成自杀极端分子？"

他有点失望。在他接待我之前，可能先花了好几个钟头，仔细预演过一整套的哄骗运作，现在这些哄骗似乎全盘落空。他没料到我会这么反应。他原本可能希望通过这一连串的表演，例如带我来到这里的"绑架"措施，让我立于比较不利的地位。不过，我自己也不明白我怎么敢这么咄咄逼人，我的手虽然发抖，声音却不为所动；我的心脏虽然扑通扑通直跳，却不卑躬屈膝。有鉴于我目前处境的危险，加上这位东道主倨傲的宗教热忱与俗气的装扮，激起了我心里的怒气，所以我决定采用大胆鲁莽的策略。我想要用清楚明确的言词向这位滑稽剧里的酋长表明我不怕他，他的狂热态度在我体内激出一阵厌恶与毒液，我要把这些当他的面扔还给他。

他绞着手指绞了好久，不知该从何说起。

"阿敏兄弟，你的责备很严厉，我不喜欢，"他终于边叹气边说道，"不过我会把这笔账记在你的悲伤上。"

"随你爱记在哪就记在哪。"

他激动起来。

"我拜托你，别无理取闹。我受不了。一位杰出的外科医生，怎么可以这么胡闹呢！我同意接见你只因为一个很简单的理由：一次跟你解释个清楚，你在我们这座城里这么招摇什么用都没。

我们这儿没有你要的。你想跟负责我们行动的指挥官见面，你已经看到了。现在回特拉维夫去，彻底忘了这次会面。还有一件事：我个人并没见过你太太。她并不是接受我们的命令行事，不过我们很重视她的举动。"

他抬起闪闪发亮的眼睛看着我。

"最后说明一点，医生，你努力把自己装扮成以色列人，同时却失去了你自己的辨别能力。我们只是惨遭掠夺与嘲弄的民族的后世子孙，靠自己的力量，努力重建家园和重拾尊严，不多不少，如此而已。"

他端详了我一会儿，看看我能不能领会；然后，他又再度凝视着他一尘不染的指甲，继续说道：

"我没见过你太太，我觉得很遗憾。你太太值得我们亲吻她的脚。她通过自我牺牲所给予我们的一切，鼓舞了我们、教育了我们。我理解你有被骗的感觉。那是因为你还没意识到她这番作为的意义。目前还是你身为丈夫的骄傲在作祟。有一天，这份骄傲终会降低，那时候，你就会看得更清楚、看得更远。有关她战斗的事情，你太太之所以什么也没对你说，这并不意味着她背叛了你。她不需要跟你说，她无须对任何人负责。因为她听凭真主安排……我不要求你原谅她。当一个人能得到真主恩典，丈夫的原谅又算得了什么呢？过去就过去了，我要你开启新的一页，这个故事会继续写下去。"

"我想知道为什么。"我傻傻地说。

"什么为什么？这是她的事；一件与你无关的事。"

"我是她先生。"

"她并没忽略这点。她之所以将你蒙在鼓里，自然有她的原因。她用这种方式取消了你身为她先生的资格。"

"胡扯！她对我有应尽的义务。不能这样对自己的丈夫虚以委蛇，不能这么对我。我就从没骗过她。而且她搞砸的是我这一辈子，不只是她的。我这一生和那些她完全不认识的十几条人命。你却问我为什么想知道？没错，我就是想全部都知道，全部的真相。"

"哪个真相？你的还是她的？一个理解到自己职责所在的那个女人的真相？还是那个以为故意忽视悲剧存在，就可以眼不见为净的男人的真相？你想知道哪个真相？阿敏·贾法理医生的真相？他是个有以色列护照的阿拉伯人，他走出了困境。要想找这样的人眼里的真相？他是个阿拉伯佬，但在各方面都受到以色列人景仰，医术又精良；社会争相邀请他参加豪华欢迎会，以显示给大家看以色列人有多宽容与体贴。他以为换了外套就换了皮肤，而且完美地脱壳蜕变成功。你找的就是这个人的真相？还是说，这就是你想逃避的真相？……不会吧，这位先生，你到底是住在哪个星球？我们正处于一个真主所创造却逐渐毁灭的世界。我们的夜晚都忙着收尸，晨间都用来安葬。我们的国家惨遭蹂躏，我们的孩子再也不记得学校有何意义。我们的少女不再做梦，因为她们的白马王子改变了约会对象，转而献身起义抗暴。我们的城市惨遭以色列人的推土机推平，我们的主保圣人再也不知道该如何是好；而你，仅仅因为你在金丝笼里很温暖，就不肯正视我们的地狱。毕竟这是你的权利。每个人想怎么驶他那艘船就怎么驶。不过请你大发慈悲，别跑来质疑那些厌恶你的自私与冷漠的人，他们为了唤醒你、让你觉悟，毫不犹豫就牺牲自己的性命……你太太是为了让你得到救赎才死的，贾法理先生。"

"你竟然还提到救赎！"这下我也对他不客气了，"需要救赎的人是你……你竟然还敢跟我提到自私，竟然跟我这个失去了全世界我最珍爱的人说自私？你派妇孺去烧成焦炭，自己倒待在一边好得很，竟然还敢大言不惭地拿勇敢和尊严来唬弄我？你醒醒吧：我们当然生活在同一个星球，我的弟兄，只不过我们的立场不同。你选择杀人，我选择救人。对你来说是敌人的人，对我来说是病人。我既不自私也不冷漠，我和随便任何一个人一样都有自尊心。我只想好好过我自己的日子，不见得非得搅和进别人的生活里面。

如果有人的预言不合常理，只强调痛苦折磨，那这种预言我才不信。我赤裸裸来到这个世界，也会赤裸裸离开，我所拥有的不属于我。我的生命和其他人的生命同样重要。人类所有不幸都来自于这个误解：以为真主借给你的，你就得还给他；其实大家都该知道，世界上没有任何东西是真正属于你的。你口中所说的国家不属于你，让你归回尘土的墓碑也不属于你……"

我一直指着他。这位领导者并没有退缩。他看着自己的指甲，听我说完为止，我说得口沫横飞，但他也没有展现不屑去抹我喷到他脸上的口水。

经过好长一段时间的沉寂，我觉得似乎无穷无尽，他稍微挑了挑一边的眉毛，深深吸了一口气，终于抬起眼睛看着我。

"阿敏，我刚刚听到的话令我十分震惊，我的心、我的灵魂都碎了。不管你再痛苦，你都没有权利如此亵渎神明。你对我提到你的妻子，却不听我对你说你的国家。就算你拒绝自己有个祖国，也别强迫别人放弃他们的祖国，可是那些大声疾呼要有祖国的人，日日夜夜都准备好要献出自己的生命。对他们来说，他们绝不愿意在遭到别人蔑视的情况下苟延残喘。对他们来说，没有尊严的话，那宁可死亡；没有自由的话，那就坟墓里相见。反正不是尊严就是死亡。他们为自己所相信的生命本质而战，他们生命的本质就是荣誉，'幸福不是美德的奖赏。幸福就是美德。'没有任何悲伤，没有任何哀悼可以阻碍他们。"

他拍了拍手。巨人警卫开了门。会谈结束。

打发我走之前，他又加了几句：

"阿敏·贾法理医生，我为你感到深深悲痛。情况很明显，我们走的路不同。就算花上好几个月、好几年来努力，我们两个也没人愿意听对方说话。所以再多说什么也没有用。回去吧。我们再也没什么好说的了。"

第十二章

晶恩是对的，我应该把那封信交给纳威德；那封信在他手上，会发挥更大的效果。而晶恩要我注意我自己，她也没错，因为不管怎么看，我都是最不愿接受真相的那个人。我需要时间才能面对事实。我能够撑到今天，实在是前所未闻的好运——虽然我现在一无所有，虽然身上受了点伤，好歹我还活着。这次冒险失败令我久久无法释怀，如道德困境一般强烈，又如恶作剧一般卑劣。它究竟让我得到了什么进展呢？我只是在幻觉的四周打转，跟蜡烛边上的飞蛾一样，与其说是被致命的烛光所吸引，还不如说是被自己的好奇心所控制。我努力想要揭开陷阱，却没发现一丁点秘密，仅仅让我扑了一鼻子霉味和满脸蜘蛛网。

我觉得没必要更进一步了。

如今我已亲眼看到战争首领的面貌，看见那个负责训练自杀式袭击者的人到底长什么样子，心魔对我的影响力已然淡化。我决定停止瞎胡闹：返回特拉维夫。

晶恩松了一口气。她默默开着车，双手紧握方向盘，似乎想确认这不是幻觉，也想确认她终于可以带我回家了。从早上开始，她就没说出半个字，就怕自己会说错话，怕我突然改变心意。天还没亮她就起床了，静悄悄地打包，等全部整理就绪，车子也准备妥当，大部分的行李也都放进后车厢，这才叫醒我。

我们离开犹太区，两眼直视前方，彷佛眼睛上罩了眼罩似的，没有东张西望，也不想驻足停留，深怕稍不留神就可能毁了一切。晶恩直接往出城的路线行驶，眼中只看得到在她面前的马路。白日已从夜晚的折磨中解放出来，宣告灿烂的一天来临；万里无云的天空懒洋洋地伸展四肢，睡意依然正浓。这座城市似乎很难从床上起来。路上浮现几个早起人儿半明半暗的身影，偷偷摸摸的，因做了一半的梦而双眼浮肿；鬼鬼祟祟，宛若皮影戏。四下难得出现些许声响，偶尔听见一扇铁卷门被拉开的声音，以及有辆车子发动的声音。一辆公交车进站了，排气管粗鲁地吐出一阵烟雾。在耶路撒冷，因为迷信，所谓一日之计在于晨，所以一大清早大家都很谨慎。

晶恩趁着还没塞车，开得很快，非常快。她没感觉到自己很紧张。她似乎是想要用飞快的速度来转换我的心情，就怕我改变主意，又决定回去伯利恒。

直到耶路撒冷最后几个郊区消失于后视镜中，她才把椅背往后倾斜一点。

"打火机在哪？"我对她说。

她把脚从油门上收回来，好像猛然发现自己踩到了蛇尾巴。其实，最主要是我的声音中流露出一种万念俱灰的成分，这令她很担心。我觉得好疲累，好悲惨。我到伯利恒想找些什么？找寻一段谎言以抚平我心中残留的影象吗？还是说在这个诸事不顺的时刻，想要设法替自己多增添一点点的尊严吗？那些混球，害得我的梦想幻灭，就像脓肿被刺破那样；而我在大庭广众之下公然流露愤怒，这样是想让那些混球知道我多么看不起他们吗？就算大家眼中都看见了我的心碎和我的难过，就算大家在街上让路给我，就算每个人在我目光的逼视之下都低下头……然后呢？这又会改变什么？哪个伤口可以愈合？哪根断骨会接上呢？在我心深处，连我都不太确定我是否愿意直溯自己不幸的根源。没错，我是不畏战，但一个人怎么能跟鬼魂比剑？很明显，我没这个能耐。我对那位教长或他的党羽一无所知。我这一辈子都固执地不理会领袖的严厉指摘，也没理会那些狂热信徒的活动；我反而像骑在良驹背上的骑师一般，往自己的目标直冲。我背弃了我的部族，离开了母亲，为了献身于我的外科医生生涯而不断处处妥协；以色列和巴勒斯坦这两个上帝选定的民族，决定要把上帝赐福的这块土地转变成血腥恐怖的战场，悲剧事件不断发生，两方和解的希望经常受到破坏；而我，才没时间去管这些事情呢。我甚至不记得自己曾经谴责过这两方的战士，或者为哪一方的战士拍手叫好，我只觉得他们两边的态度都非常不理性，非常令人痛心。我从来没有感觉到自己和这场流血冲突有任何关联；这场冲突只不过是一场近距离的互殴，参与者都是历史的代罪羔羊或者是出气筒。这种冲突虽然邪恶，可是一定会反复发生。我领教过这么多卑劣的敌意，在这个过程中我学习到，如果不想让自己变成像那些展现敌意的人一样，唯一的方法就是当我自己有机会的时候，千万不要展现出卑劣的敌意。我并没有在"任人欺负"和"出手反击"两者之间做出选择；相反地，我选择去照顾病患。我从事的是人类最崇高的职业，世上没有任何事能让我放弃这份令我感到骄傲的职业。我跑到伯利恒，其实只是一种出自本能的反应；而我展现出来的那种虚假的勇气，其实也只是一种逃避罢了。我的伪装监视，根本就是在闹着玩。连那些最有经验的情报单位，每天绞尽脑汁都无法完成的任务，我凭什么以为自己可以完成？我面对的是个极其圆滑、熟练无比的机构，经过多年来的历练和实战经验，就连情报局最精干的侦探员为了它也付出昂贵代价。我唯一能跟它对干的就是我的挫折感——我身为一个惨遭妻子背叛的丈夫，所拥有的这份挫折感——以及我那些没什么实质效用的愤怒。在这场决斗中，容不下任何情绪，就更甭提怜悯了；唯有枪管、绑了炸弹的腰带和放冷箭偷袭，唯有这些东西才有发言权。如果你操纵的木偶失去功效，那你这个幕后的腹语者也就玩完了。这是一场决斗，毫无怜悯，又没有规则，稍作迟疑便足以致命，一旦犯错就无法弥补，结果决定一切，毫不留情；在这场决斗中也无人顾及救赎，救赎早就被报复的喊声以及骇人的死亡所取代了。我一直对坦克车和炸弹敬而远之，通过它们，我只看到人类身上最恶劣的人性。在我亵渎伯利恒之前，我跟那个世界毫无瓜葛；我不知道那个世界的仪式，不了解它的存在，也不相信我会需要跟它打交道。我厌恶战争和革命，讨厌那些所谓"为了救赎而施展的暴力"，那些东西只是不断绕着自己转圈圈，就像一个无休无尽的螺丝，拉扯着整个世代，穿越那些一直没有改变的荒谬罪行。而竟然没有人的脑袋里想到"这样做不对"！我是个外科医生，我认为人生在世必须忍受的苦难已经够多了，身心健康的人实在不应该再找机会去彼此伤害。

看到特拉维夫的摩天大楼逐渐在远方闪闪发亮，我对晶恩说："放我在我家下车。"

"你要回家拿东西？"

"不是，我要回家。"

她皱起眉头。

"现在还不是时候。"

"那是我家，晶恩，我迟早都得回去。"

晶恩意识到自己说错话了，于是不耐烦地挥走落在眼睛上的一绺头发。

"我不是这个意思，阿敏。"

"没关系。"

她咬着嘴唇，又开了几百公尺。然后说："还是在想那个你没解开的'谜团迹象'，是不是？"

我没回答。

一辆行驶在山坡上的拖拉机不断上下震动。开拖拉机的小男生还得紧握方向盘，以免掉下去。他身旁有两只棕红色的小狗相陪，在引擎旁边奔来跑去，一只用鼻子嗅地，另外一只在玩耍。篱笆后面出现一间屋舍，又小又破烂，屋前有棵大树，如魔术般熟练地遮住了小屋。接着平原上再度出现一片接一片的农田，预告着丰硕的一季。

晶恩超过一列军车车队后，才又回到刚刚的话题：

"你觉得在我家有什么不好吗？"

我转过头看着她，她却直视前方。

"假如我在你家感到很舒服的话，晶恩，那我一定会继续留下来，我想这点你也很清楚。当然，我很喜欢你在我身边，只不过我需要退后一点，让我慢慢把这几天发生的事情想清楚。"

晶恩最担心的大概就是我会伤害自己，她也怕我会受不了跟自己面对面相处，最后会向折磨屈服。她觉得我处于忧郁症边缘，可能会做出无法挽回的举动。但她也不必明说，因为她身上的一举一动都透露出她内心深处的担忧：她的手指不论碰到什么都会乱敲，她的嘴唇只能摆出哭丧的样子；一旦我的眼睛盯着她，她立刻就转移自己的眼神；每次她有什么话要对我说，她的喉咙就卡住……而她还是能提高警觉牢牢看好我，真不知道她到底是怎么办到的。

"我同意，"她让了步，"我在你家把你放下，晚上再来接你。我们去我家吃晚餐。"

她的声音局促不安。

我耐心地等她转过头来，才对她说：

"我需要独处一段时间。"

她假装在沉思，嘴巴扭曲变形，问道：

"到什么时候？"

"到它平息为止。"

"搞不好会拖很久。"

"我受影响的程度没那么严重，你可以放心。我只需要让我自己净空。"

"很好。"她说，带着掩饰不了的一丝怒气。

沉默良久，她才终于又说道：

"好歹我总可以来看你吧？"

"一旦可以了，我会马上打电话跟你说。"

她原本已经紧张得不得了，这句话一出，对她简直就是一大打击。

我赶紧说："晶恩，别想歪了。不是因为你的缘故。我知道要解释很困难，可是你完全了解我想跟你说的是什么。"

"我不希望你孤立自己，就这样。我认为你目前还没有办法独自重新振作起来。我可不想把我仅剩的指甲也啃光。"

"千万别这样。"

"为什么不让梅纳西医生替你检查一下呢？他是非常优秀的心理医生，又是你的好朋友。"

"我答应你，我会去看他的，不过不是在目前这种状况下。去看他之前，我需要重建自己，把我自己的状况调整好一点，我才听得进去他的话。"

她让我在我家下了车，不敢陪我进到室内。我拉上背后的铁栅门之前，朝她微微一笑。她冷不防地给了我忧伤的一瞥。

"阿敏，你想找寻那个被你漏掉的'迹象'，可是别让这件事毁了你。长远来看，继续找'迹象'只会让你这个人耗损更快，最后再也无法掌握自己，你会像个腐烂的木乃伊般行尸走肉。"

没等我回应，她就开走了。

日产汽车的噪音消失后，我发现自己正面对着我的家及满屋子的沉默，我理解到自己有多孤独。我已经开始想晶恩了……我又再度孑然一身……我不想丢下你一个人，丝涵在她出发到坎纳村的前一天曾经这么对我说过。突然间，那一切又历历在目，就在这个我最没想到会出现的时刻。离开前的那天晚上，丝涵帮我准备了国王般的丰盛大餐，全都是我爱吃的。我们在厅里两相依偎，享用烛光晚餐。她吃得很少，只是在盘中小啄了两三口即止。她是那么的美丽，又是那般遥不可及。"我的爱，你为什么哀伤呢？"

我问她，"亲爱的，我不想丢下你一个人。"她回道。"三天并不算久，"我对她说。"对我来说就是永远。"她向我如此表明。这就是了，她发出的讯息；这就是我没能抓住的迹象。可是我怎么可能怀疑，在她一双明眸后面竟然埋藏着深渊呢？而那天晚上，她前所未有地将自己整个身、心、灵都奉献给我，我哪能猜到如此慷慨付出的背后，竟然暗藏永别呢？

我在家门口直发抖，抖了许久，才终于跨进家门。

帮忙打扫的大妈还是没有来过。我打电话找她，但老是碰上答录机。我决定干脆自己清理。家里依旧呈现莫榭队长手下临走前留下的状态，房间乱七八糟，抽屉掉到地上，里面的东西四下散落，柜子空空如也，书架被推倒，家具被移位，有的家具还翻了过去。从那时到现在，多亏碎玻璃和我忘了关的窗户，灰尘和枯叶也得以堂皇入侵。花园惨遭蹂躏；小罐子、报纸和各式物品散落一地，这些都是那天攻击我的暴徒因为无法将我私刑处死，于是扔了一堆垃圾泄愤。我打电话给一个我认识的修玻璃工人，他说手边还有很多事情要做，不过答应我天黑以前会过来。至于我这方面，则开始将各个房间的东西归位；我捡起掉在地上的东西，扶好被推倒的器物，把书架和抽屉物归原地，把杂物与非杂物分开。修玻璃的工人到时，我已经打扫完毕。他帮我把垃圾袋拿出去后，就去检查窗户，而我则到厨房里抽烟喝咖啡，然后才又拿着笔记本，回到那些他指出需要进行修补的地方。

"是飓风还是人为破坏？"他问我。

我问他要不要喝杯咖啡，他欣然接受。他是个红发胖子，满脸雀斑，嘴巴很大，虎背熊腰，破旧的军靴裹着两条小短腿。我认识他已经好几年了，还帮他父亲动过两次刀。

"工程还不小呢，"他告诉我，"得换23块玻璃。你也该找个木工，有两扇窗户和窗板坏了，得修一下。"

"你有认识不错的木工吗？"

他眯起一只眼睛想了想。

"有个不赖的木工，不过我不知道他是不是马上就有空。我明天开始。我今天干得活够多了，累死了。我只是先过来报个价，可以吗？"

我看了看表。

"好，那就明天。"

玻璃工人将咖啡一饮而尽，把记事本放进破帆布包里，然后就走了。我怕他翻出那次袭击事件的旧账，因为很显然，他知道发生了什么事；但他什么都没说。他只有记下该修些什么，如此而已。这人真好。

他走了以后，我冲了个澡，接着就进城去了。出租车先载我去车库，我去耶路撒冷之前把车停在那。然后，我就在方向盘后面坐定，往海边林荫大道飞驶而去。繁忙的交通逼得我不得不把车停在面对地中海的停车场上。只见双双对对的爱侣和全家老小悠闲地沿着广场在散步。我在安静的小餐馆里用晚餐，在另一头的酒吧间里灌了好几杯啤酒，接着又去海边闲逛，直到夜深。海浪的声音令我产生某种心满意足的感觉。我略带醉意地回到家，心灵垃圾却清除了不少。

我没脱衣服、鞋子还在脚上，就在沙发上打起盹来——只不过是抽两根烟的空档，睡意袭来，我就睡着了。窗子咔的一声，我跳着惊醒过来，发现自己浑身大汗淋漓。我八成做了个噩梦，但就是记不起来究竟梦到了什么。我摇摇晃晃地站起身来。我心惊胆战；一阵寒意油然升起，背上起了寒颤。是谁？我听到自己在大叫。我开了玄关的灯，厨房的灯，房间的灯，好找出可疑的声音来自何处……是谁？先是一扇落地窗开了，窗帘被风吹得鼓鼓的。阳台上没有人。我关上窗板，回到客厅。还是感觉有什么东西存在，既模糊又接近。我发抖得越来越厉害。毫无疑问是丝涵，或是她的魂魄，要不就是两者一起回来了……丝涵……偌大空间中逐渐充满了她的存在。战栗心悸过好几回后，整个家好像变成了一个鸡蛋，只帮我留下了一个气室，以免窒息。这个家又变回女主人所安排的模样；吊灯、五斗柜、窗、储物柜、颜色……还有画，这些画是她选的，而且还是她亲手挂到墙上的。我又看到她倒退几步，一根手指支着下巴，头一下歪到左边，一下歪到右边，好确定画框摆得正不正。丝涵非常注重小节，任何东西都不会乱摆，甚至可以为了摆一颗星星或窗帘，就花上好几个钟头。从起居室到厨房，从一个房间到另一个房间，我有种自己在跟随着她的脚步的感觉。近乎真实的一幕幕又浮现脑海。丝涵在皮沙发上休息。她在沙发上悉心地帮指甲涂上一层玫瑰红。每个隐蔽的角落都留有她的倩影，每面镜子都反射出她影像的碎片，每片树叶的轻微颤动都在诉说着她。我只需伸出手来，就可采摘到一抹微笑，一声叹息，一缕她身上的香气……我要你帮我生个女儿，我俩刚陷入爱河的时候，我常这么对她说……金发的还是棕发的？她红着脸回应我……我只要她健康美丽。她眼睛的颜色，她头发的颜色，都不要紧。我要她拥有你动人的眼神和你笑容可掬的酒窝，我要她是你的翻版……我到了二楼的起居室，紫红色法兰绒帷幔，窗上还挂着乳白色帘幕，美丽的波斯地毯正中央有两张沉重的扶手椅，面对着一张铬铁玻璃桌。樱桃木大书柜占了一整个侧面，从左到右，柜里满是精心整理的书籍和从国外带回来的小装饰品。这一间是我们的象牙塔，丝涵和我的，从未邀请任何人进来过。这是我们的私密角落，我们最珍贵的隐居处。我们有时候会到这里进行无声的沟通，让我们被日常噪音弄得迟钝了的感觉再度鲜活起来。我们只需拿本书或放点音乐就好了。我们既喜欢读卡夫卡也爱看纪伯伦；在聆听乌姆·库勒苏姆[①]或帕瓦罗蒂的时候，心里也会产生同样的惊叹。我冷不防地全身从头到脚打起寒颤。我感觉到她在我颈项的气息，浓烈、炽热、气喘吁吁，我确定只要转过头去，就会跟她鼻子碰鼻子，目睹她站在澎湃激昂的芭蕾舞中，闪闪发光，眼睛睁得好大，比在我最狂热的梦中还要美……

我没转过去。

我退出了那间房间，直到她的气息消失在一阵轻风之中。我回到卧室，打开所有的台灯和光源，驱走黑暗。我脱下衣服，抽了最后一根烟，吞了两片镇定剂，钻到床上。

没关灯

第二天，我很惊讶地发现自己竟然在楼上的起居室醒来。我贴着窗玻璃，守候着太阳升起。我怎么会回到这个阴魂不散的地方？

[①] 乌姆·库勒苏姆（1904-1975），埃及最伟大的女歌唱家、演员，是20世纪阿拉伯世界最伟大的声乐家。

靠我的自由意志，还是梦游？完全没概念。

特拉维夫的天空晴朗更甚往昔，放眼望去一朵云彩都没有。月儿被削去一块，成了弯牙。在刚出现的乳色光晕中，夜晚残留的几颗星星逐渐淡出。铁栅门的另一边，我家对面的邻居正在擦他车子的挡风玻璃。左邻右舍里面，他永远最早起。他是城里一家高级餐馆的老板，总要比自己的同事更早抵达他的店里，提早展开营业。我们在黑暗中曾经打过几次照面，他准备要去市场，我则刚从医院回来。自从发生袭击事件后，他就一副我好像从来都不曾存在过的样子。

9点左右，修玻璃的师傅开着一辆褪了色的厢型车抵达，两个满脸痘痘的男生帮他小心翼翼卸下设备和玻璃板。他告诉我木工很快就会到。过了不久，木工就开着辆盖着防水布的小卡车到了。他是个冷酷的彪形大汉，满脸皱纹，目光严肃，一件磨得线都露出来的旧吊带裤紧紧绷在身上。他说要看看坏掉的窗户，玻璃工便带他去看。我留在一楼，坐在沙发上抽烟喝咖啡。有一会儿，我还想到去舒展舒展双腿，去离我家不远的小公园走走。天气很好，阳光将邻近的树木铺上一片金黄，可是我又担心万一碰到不该碰到的人，会破坏我一早上的兴致，于是便打消了这个念头。

时钟敲了11下的时候，纳威德·瑞内打电话给我。这时木工已经把坏掉的窗户搬上车，要带回工作坊修理。至于玻璃工和他两名助手，他们则到二楼去把缺了的玻璃给补上。

"老弟，怎么样了啊？"纳威德在电话里听见我的声音，显得很高兴，抛出这句话，"你得了健忘症？还只是因为没想到要打给我？你离家一趟又回来，消失又出现，连一次都没想到要打个电话给你的老哥们，告诉他你的联络方式啊？"

"哪个联络方式？你明明知道我静不下来。"

他笑了。

"那有什么关系！我也是，我也有多动症吧，可是我太太有事要找我的时候，她完全知道在哪可以找到我。耶路撒冷还顺利吧？"

"你怎么知道我去过耶路撒冷？"

他挤出了个笑声后，说道："我是条子……我打电话到晶恩家，班杰明接的。是他告诉我你们在哪儿的。"

"谁告诉你我回来了？"

"我打电话给班杰明，结果是晶恩接的……这样讲你满意吗？好，我打电话给你，是想要邀你来我家吃饭，玛格丽特会很高兴。她都八百年没看到你了。"

"今晚不行，纳威德。我家里有些工程要做。何况，玻璃工人现在还在我家，木工今早也来过。"

"那就明天吧。"

"我不知道到时候做好了没。"

纳威德清了清喉咙，想了想，接着建议我：

"你家里要是有很多事要干，我可以派人去帮你。"

"一些修补的小工程而已。我这边人已经够多了。"

纳威德再度清了清喉咙。每次他觉得尴尬的时候，就会犯这个小毛病。

"他们总不可能在你那干一整夜吧？"

"当然不会，不过也差不多。谢谢你打电话来，帮我向玛格丽特问好。"

快到中午的时候，晶恩还没有以任何方式联系我。我猜想，她应该是通过纳威德来看看我是否还在人世。

木工帮我把窗户送了回来，他一个人安装好，当着我的面确认好窗户运作正常。他要我在发票上签名，把钱揣进口袋后就走了，嘴角还叼着已经熄灭了的烟屁股。修玻璃的和学徒则早就走了。原有屋况已经大致恢复。我重新认出这幢房子的宁静——有点像大病初愈之后的那种安详——以及它神秘的阴影。我到楼上的起居室，看看是否能诱出自己的心魔，结果起居室里面毫无动静。我陷在沙发里面，面对刚修好的窗户，看着夜晚像断头台上的铡刀般降临整个城市，染红了地平线。

相框里的丝涵在微笑，就在立体声组合音响上面。她一只眼睛比另一只眼睛大，或许是因为逼着她非笑不可的关系。只要拍照的人有说服力，被拍的人就总是会微笑——就算不想也会笑。这张是她的老照片，婚后最早拍的之一。我记得是为了申请护照用的。丝涵并不怎么在意我们能不能到外地度蜜月，她知道我那时经济能力有限，所以宁愿把钱花在以前我们住的那间破公寓里。当然，我们现在的这个房子舒服多了。

我站起来，走过去把照片看得更仔细点。在我左手边放ＣＤ的架子上有一本皮面照相簿。我几乎机械式地拿起这本相簿，坐回沙发，开始翻看。我没有什么特别激动的感觉。跟我在牙医诊所候诊时翻阅一本杂志一样。一张张照片在我眼前过去，这些照片捕捉了拍照的那个当下；照片上的影像就如同展现影像的相纸一样冰冷，缺乏任何足以打动我的爱意的要素……丝涵在遮阳伞下，大大的太阳眼镜遮住了她的脸，那是在埃及的沙姆沙伊赫；丝涵在巴黎香榭丽舍大道；我们两个在英国女王陛下的御林军旁边摆着姿势；她跟我奶妈女儿蕾拉的儿子阿戴勒在花园；她在社交晚宴上；她在为我举办的庆祝会上；她跟她外婆在坎纳村的农庄，她舅舅阿巴斯穿着橡胶鞋，烂泥巴高到膝盖；丝涵在老家拿撒勒的清真寺前……我继续掠过往事，没花太多时间停留。彷佛我翻着前世，翻着某桩已结案事件的一页又一页……然后有一张照片引起了我的注意。照片上是我侄子阿戴勒在拿撒勒的清真寺前，只见他满脸笑眯眯的，双手叉腰。我往前翻，一直翻到丝涵在拿撒勒清真寺前拍的那张。这是张近照，不到一年的时间，因为那个手提包是我在一月份她生日的时候买来送她的。照片右方，可以看到一辆红色车子的引擎盖，还有一个小孩蹲在小狗前面。我又翻回去看阿戴勒那张，也有那辆红色的车，小孩和小狗也在。所以说这两张照片是同一时间拍的，有可能是这两个人帮对方互拍的。我花了点时间才接受这点。丝涵经常去拿撒勒住外婆家，因为丝涵很爱她的老家。那阿戴勒呢？……我不记得曾经在那边见过他。那不是他常去的地方。阿戴勒在伯利恒做生意，经常会到特拉维夫来看我们，可是实在很难想象他会去拿撒勒……我的心揪了起来，隐约感到不安。这两张照片吓到我了。我想找出个理由，找个原因，找个假设；没用，找不到。我太太向来不会瞒着我跟亲朋好友出去。她去谁家、遇见了什么人、谁打电话给她，她每次都会告诉我。她的确很欣赏阿戴勒的幽默感和憨直，可是在家门外跟他见面，而且还不在特拉维夫，却没告诉我，这跟她的习惯不合。

这个巧合令我无法释怀。连我去吃饭的时候心里都还在想这件事，破坏了我用晚餐的兴致，害的我哪儿都不想去。就算吃了两颗安眠药，依然清醒……阿戴勒，丝涵……丝涵，阿戴勒……特拉维夫到拿撒勒的客运巴士……她说有急事，然后就下车，搭上另一辆跟在巴士后面的小轿车……一辆旧款的奶油色奔驰。跟我在伯利恒车库看到的那辆一样……阿戴勒的车，亚希尔骄傲地告诉我。丝涵在伯利恒，袭击前的最后一站……太多巧合，绝不可能是偶然。

我离开被窝。闹钟指着早上5点半。我穿好衣服，上了车，往坎纳村方向开去。

农场上没半个人。邻居告诉我，丝涵的外婆病了，被送到拿撒勒的医院，由阿巴斯照顾。医院的人不肯让我探望紧急送上手术台的病人，可是有个护士告诉我是脑出血。阿巴斯在候诊室，坐在长椅上都快睡着了。他看到我时连站都没站起来。他天性如此，冷酷得跟一把枪似的，55岁还是光棍一条，从没离开农场过；他不信任女人，也不信任城里来的人，躲这些人跟躲瘟疫似的。他宁愿一整天都在农场干活，也不要跟某个不知道"粒粒皆辛苦"的人同桌用餐。他是个健壮如牛的大汉，讲话一点都不客气，花岗岩的脑袋。他穿着他那双沾了烂泥的靴子，褪了色的白衬衫胳肢窝那边因为汗水湿了一大片，腿上硬邦邦又可怕的长裤，活像油布上剪下来的。他简单地跟我说他发现外婆倒在地上，嘴巴张开，还说他已经在医院好几个钟头了，他忘了把狗松开。对于外婆的病，他好像觉得对他来说是一种打扰，而不是令他担忧的事情。

我们在大厅等着，直到一个医生来告诉我们手术动好了。外婆现在的状况很稳定，不过要恢复的机会不大。阿巴斯请医生准他回农场。"我要回去喂鸡。"他嘟囔着，对医生的解说并不怎么感兴趣。

他跳进生锈的小卡车，朝坎纳村加速开去。我则上了我的车。他等到将农场里的各种事情都忙完了之后，也就是说到了傍晚时分，才发现我还在他身边。

阿巴斯承认，他见过照片里那个男生陪着丝涵来过好几次。第一次，他去美容院把丝涵忘在小卡车座位上的零钱包还给她，很惊讶地看到丝涵正在跟那个男生说话。

一开始他并没有起疑，可是后来，在好几个地方都看到他们俩在一起，他就开始觉得有点不太对了。后来照片上的那个男生竟然胆敢在农场附近游荡，阿巴斯便威胁着要拿十字镐敲他的头。丝涵对这件事十分在意，从此以后就再没踏进坎纳村一步。

"不可能，"我对他说，"两次宰牲节①，丝涵都是回来这里跟

---

① 为伊斯兰教的重大节日之一，又称古尔邦节，意为献身，以宰牲献祭的意思。

她外婆一起过的。"

"我告诉你，自从我教训了那个小流氓后，她就没回来过。"

然后，我鼓起勇气问阿巴斯他认为我太太和照片上那个男生是什么关系。他先是因为我怎么会问出这么天真的问题而感到诧异，随后便上下打量我，又好气又好笑地说道：

"你要我帮你画张图还是怎样？"

"你有什么证据吗？"

"有很多迹象是瞒不了人的。我甚至不需要当场活逮他们俩勾肩搭背。光看到他们偷偷摸摸的，就够我确定的了。"

"你当时为什么都不跟我说？"

"因为你又没问我。而且，我啊，我只扫我的门前雪。"

就在那个当下，我恨他，我这辈子从没这么恨过一个人。

我回到车上，没朝后视镜瞥一眼就开走了。我使劲把油门踩到底，甚至连自己要去哪都不知道。管它错过弯道还是直接撞进拖车尾巴里，我什么危险都不在乎。我相信这就是我想要的，可是马路上空荡荡的。做太多梦就会忘了怎么生活，我母亲常这么对我父亲说。我父亲听不进去。母亲是他的妻子，但他既没看出母亲的忧伤，也没察觉她身为他的伴侣是多么的寂寞。他们俩之间彷佛有着一层看不见的隔膜，薄似隐形眼镜，却让他们截然对立。

我父亲眼里只有他的画，同样一幅，他可以从冬季画到夏季，一再涂描直到原画消失在修改之下，于是又在另个画架上重新再画一幅，永远都是同一幅，但更为细腻。他可能是想把自己的《上了手铐的玛利亚》提升到《蒙娜丽莎》的地位，他相信这幅画会让他名扬四海，他会在最知名的展览厅里展出这幅画，这幅画会让他享受桂冠加顶的荣耀。就因为他眼中只有这个不可能的神圣任务，所以根本就没注意身边的一切，既忽略了遭到冷落的配偶有多沮丧，也不在意他自己的父亲，那位恨铁不成钢的父亲……或许这种情形也发生在丝涵和我身上。她就是我的那幅画，我最重要的神圣使命。我只看到她毫不吝惜对我表现出她有多喜悦，丝毫不曾怀疑过她也会有苦痛、她也会脆弱……我并没能真的让她过好日子，我没有——否则我不会把她这么理想化，让她如此孤立无援。如今我这样想，又怎能给她过什么好日子呢？我只会不断地在梦中想起她。

第十三章

贾法理先生，有人隔着一连串无休止的地下长廊在呼唤着……贾法理先生……我刚开始摸索这声音的来源，空洞的声音却又淡出了。这样的情况来回重复出现，时而坚持，时而又怯生生的。深渊将我吸入，又把我反吐出来；我以慢动作在黑暗中旋转。那个声音随后赶上了我，设法把我带回地面……贾法理先生……一道闪电划破昏暗，好似炽热钻头，灼伤了我的双眼。

"贾法理先生……"

我恢复神志，头痛欲裂。

有个男子俯在我上方，一只手扶着我的背，另一只则悬在我头顶上几公分处。他瘦削的脸庞，往前突出的犀斗，我都毫无印象。

我试着理出头绪。我躺在床上，口干舌燥，全身骨头跟散了似的。上方天花板威胁着要将我埋葬。我闭上眼睛，想遏制住那股使我痛苦不堪的晕眩，因为这股晕眩害得我越转越快。我努力重新控制住自己的感官，想知道自己在哪里。慢慢地，我认出了对面那堵墙，墙上挂着一幅梵高《向日葵》的廉价复制品，褪了色的壁纸，破烂的窗户对着工厂的屋顶……

"发生了什么事？"我边以手肘撑起身子，边问道。

"贾法理先生，您一定很难受。"

我的手肘滑了一下，又跌在枕头上。

"您待在这间房间已经两天了，一次都没出来过。"

"你哪位？"

"这间旅馆的经理，先生。服务生说您……"

"你想怎样？"

"我们只是来确认您没事。"

"为什么？"

"您两天前到我们这儿的。住进这个房间后，就把自己反锁在房里。我们以前曾经有客人也这么做过，可是……"

"我很好。"

经理毕恭毕敬站起来。我这么回他，他不知该如何是好，他绕过床，走过去把窗户打开。大量新鲜空气灌进房里，朝我袭来。我深深吸气，血液直冲脑门。

经理以机械式的动作将我脚上的被子抚平。他仔细看着我，握起拳头，往拳里轻咳了几下，接着说道：

"我们有一个好医生，贾法理先生。如果您愿意的话，我们可以叫他。"

"我就是医生。"我边挣脱着从床上起来，边傻傻地说。

我的膝盖互撞，我站不起来，跌坐床边，双手抱头。经理看到我全身只穿了件小到不能再小的内裤觉得很尴尬。他喃喃自语了些什么，我没听清楚，然后他就退出了房间。

我的思绪一个接着一个逐渐归位，我全部都想起来了。我记得飞快离开了坎纳村，开到阿夫拉附近，还因超速违反交通规则吃了张罚单，然后就一路恍恍惚惚开到特拉维夫。正当我穿过城门之际，夜出其不意地就降临了。我停在沿路看到的第一家旅馆前面。我不可能回家，家已经是我听了一辈子谎言的旧地。我一路只管咒骂，既怨这个世界也骂我自己，油门紧贴踩到最底，急转弯时车轮发出疯狂的刺耳声响，好似某种预示灾难的嘶吼，我简直就像正在努力穿越音障，勇敢冲破再也没有归路的临界点，我想让自己就这么崩溃下去，正如我已经瓦解了的自尊一样。我已经没有保留了，我也不可能和我的明天、我的未来妥协。何况，哪有什么明天呢？违背誓言后可会重生？受尽凌辱后可能复活？我觉得自己如此微不足道，如此荒谬可笑，光是悲叹着我命运的这个想法就足以让我当场就自我了断。阿巴斯的声音死黏着我不放，我开得飞快，让引擎的怒吼声切断他的纠缠。我不想听到任何声音，只想听到急转弯时的刺耳轮胎声，我只想听见胆汁发出嘶嘶的声音，就像盐酸似的，正在把我一点一滴地侵蚀。我没帮自己找到任何借口，我根本就没找；不值得。我放任自己耽于恼恨，恼恨这东西要将我占为己有，它要让我恼恨到连发根、连指甲末端都有它的化身。

旅馆很简陋，霓虹灯招牌时闪时不闪的。我要了个房间，好好跟痛苦周旋。冲了个滚烫的热水澡后，我先到一家小酒馆用晚餐，然后又到了一间肮脏不堪的酒吧喝得酩酊大醉。我花了好几个钟头才找到回旅馆的路。一回到房里，还来不及大喊当心就坠入深渊。

我得扶着墙才能走到浴室。四肢不怎么听我使唤。我恶心想吐，视力模糊，因空腹而蜷缩；我有种彷佛走在云端的感觉。在这间恶臭的房里睡了两天，没做梦，没记忆，让自己在带着尸布味的棉被里变质发臭了两夜……天哪！我正在变成什么？

镜子反射出我这张受尽折磨的脸，新长出来的胡子使得整张脸更为变形。泛着橄榄色的黑眼圈显得我的眼白更白了，脸颊又稍微凹下去了一点。我看起来活像个癫痫发作后的疯子。

我就着水龙头喝水，喝了好久，钻进莲蓬头下，在水柱下动也不动，直到恢复了平静。

经理再度过来轻轻敲我的门，检查看看我是不是又因为喝太多而陷入昏迷。听到我低声埋怨，他松了一口气，蹑手蹑脚地走了。我穿好衣服，还是不太舒服，离开旅馆，到餐馆用餐去。

我坐在阳光明媚的小公园长椅上，婆娑作响的树叶把我哄睡着了。

我醒来的时候，天色已晚。我不知道能去哪，不知道拿我的孤独怎么办。我把手机忘在家里，手表也是。我突然害怕跟自己独处。我不再相信我这个连大难临头都没发现的男人。同时，我也觉得还没准备好承受别人对我投来的目光。忘了手机刚好，我对自己这么说。就我目前这种状况，我没法想象自己跟别人说话。晶恩可能会让我更难过，纳威德则会帮我找些不该有的借口，然而死寂却会把我给杀了。在这个荒凉的公园，我有孑然一身的感觉，好似沉船残骸，遭巨浪弃置于悲惨的海岸上。

我回到旅馆，发现自己忘了带盥洗用具和镇定剂。床头柜的电话正在嘲弄我。能打给谁呢？还有，现在几点了？房间充斥着我呼出的气息。我觉得不舒服；我感觉自己正毫不留情地滑向某个地方……

我又回到街上。突如其来。我不记得自己是怎么离开旅馆的，也不记得我是从什么时候起开始在这一带乱逛。我身边的窗户已经全部熄了灯，来自远处的引擎轰鸣声，偶尔划破了寂静，然后夜晚重新统治这个城市……书报摊那边有个电话亭，我的脚几乎是用蛮力把我拖到那边。我拿起话筒，指头拨下一个号码。我正在打给谁呢？

我要对这个人说些什么呢？电话铃声在线的那头响着，五声，六声，七声。咔的一声，还有一个睡意正浓的牢骚声……"喂？谁啊？知不知道现在几点了？我明天还得上班呢……"我听出了是亚希尔的声音。我很惊讶电话那头怎么会是他过来接听。为什么是他呢？

"我是阿敏。"

一阵寂静，亚希尔接着说话了，一样语无伦次，但听起来较为镇定。

"阿敏？有什么要紧的事吗？"

"阿戴勒呢？"我听到自己在问他。

"拜托你，现在是半夜3点。"

"阿戴勒呢？"

"我哪知道？八成是上哪做生意去了。我都好几个礼拜没看到他了。"

"你要告诉我他在哪？还是要我到你家等？"

"不要，"他大叫道，"别来伯利恒。那些家伙在找你。他们说被你耍了，说是以色列情报局派你来的。"

"亚希尔，阿戴勒呢？"

好长一阵安静，比先前那阵还长，之后他放弃了，没好气地说："杰宁……阿戴勒现在人在约旦河西岸的杰宁市。"

"亚希尔，杰宁那个地方，好像不太适合公司投资。杰宁烽火连天，血流成河。"

"听我说，我保证他在杰宁就是最新消息。我没理由骗你。你要的话，他一回来，我马上通知你……我可以知道你为什么要找他吗？我儿子他怎么了？所以你才会现在打电话要找他？"

我挂断电话。

不知道为什么，我感觉好多了。

旅馆的夜间守卫半夜 3 点被我从床上叫起来开门，有点不爽——旅馆在午夜关门——我忘了进门的密码。他是个骨瘦如柴的年轻男子，可能是个大学生，别人晚上睡大觉，他却靠守夜来支付学费。他冷淡地帮我开了门，开始替我找房门的钥匙，遍寻不得。

"你确定出去前有放回来？"

"我身上带着钥匙干嘛？"

他又消失在柜台后面，在传真机和复印机旁的纸张和杂志堆里翻找，接着又站了起来，一无所获。

"怪了。"

他想着哪里有备份钥匙，可是还没完全清醒。

"先生，你有没有找找看自己身上？"

"我告诉过你不在我身上。"我边说边把手伸进口袋。

我的胳膊瞬间僵住：钥匙就在我口袋。我用摸不着头绪的姿势拉出钥匙。守夜人很明显被激怒了，忍着没叹气。他按捺下来，跟我道晚安。

电梯坏了，我顺着狭窄的楼梯爬到六楼，才发现我的房间在四楼，于是又往回走。我在房里没开灯。

我脱了衣服，没把被子掀开就整个人摊在床上，双眼瞪着天花板，天花板像个黑洞般慢慢把我吸进去。

从第五天起，我意识到自己的知觉慢慢抛弃了我。我反应迟缓，越来越笨手笨脚。白天我关在房里与世隔绝，缩在椅子上或平躺在床上，两眼翻白，好似在力图收回一些不可告人的想法，因为这些怪里怪气的想法不停骚扰我——我想到要委托房屋中介出售我的房子，然后跟过去一笔勾销，并把自己流放到欧洲，要不去美国也好……我像掠食性动物般昼伏夜出，在不三不四的地方瞎混，在这些我之前从没踏进过一步的地方，当然不会撞上熟人或老同事。这些惨遭烟雾污染和散发陈旧气味的酒吧间里的阴影，令我产生一种自己是隐形人的怪诞感觉。尽管这里龙蛇杂处，多半都是口出秽言的醉鬼和目光媚惑的女子，不过没人会注意我。我坐在靠后面角落里的那张桌子，略有醉意的女孩子不敢随便靠近，我可以安安静静喝个痛快，直到店家过来告诉我要打烊了为止。然后我就会在同一个公园里面，睡在同一张长椅上等着酒醒，直到天亮才回旅馆。

后来，我在某家啤酒屋失去控制。多日来所酝酿的怒气，终于一发不可收拾。我等的就是这个。我极度易怒，我知道自己迟早会发作。我原本就想故意惹事生非，回嘴回得比谁都快；我没耐心，一旦有人看我一眼，我就反应激烈。毫无疑问，我变成了另一个人，捉摸不定，同时又引人注目。但是今晚在啤酒屋，我更变本加厉。首先就是我不喜欢我坐的位置。我想要个安静的地方，可是没空桌了。我犹豫了一下，然后让了步。接着女服务生又告诉我说烤肝已经卖完了。她一脸真诚，我最看不下去的就是她的微笑。

"我要烤肝。"我很固执。

"对不起，卖完了。"

"这不是我的问题。我看到你们贴在外面的菜单上写你们有卖烤肝，我就是为了吃烤肝才进来的，不是为了别的。"

我大吼大叫，打断了刀叉清脆的声音。客人都转过头来看我。

"我有什么好看的？"我对他们大声嚷着。

经理马上出面。他使出浑身解数想让我安静下来，可是他假惺惺的礼貌却等于解开了我心里的锁链，释放出我的心魔，我非要他们立刻给我端来烤肝不可。有客人建议干脆把我给扔出去算了。那是一位年纪比较大、看上去像警察或便衣军人的男士。我吼说他有本事就来扔我出去啊。他欣然接受，一把揪住我的喉咙。女服务生和经理过来劝架。一阵混乱中，有张椅子翻倒了，接着就是桌椅吱轧声与叫骂声齐飞。突然之间警察就来了，带队的是一位金发女警官，胸部宽阔，鼻子怪得可笑，双眼冒火。那个老粗跟她解释情况是怎么失控的。女服务生和绝大部分顾客的证词都支持他的说法。那位身着制服的女士叫我到街上去，要求看我的证件，我却不肯拿给她看。

"他醉得不省人事。"有名警察埋怨着。

"把他带走。"警官决定。

有人把我推进车里，载到最近的警察局。警察局的人逼我交出证件，清空我的口袋，把我关起来，拘留所里已经有两名鼾声震天的醉汉。

一个钟头后，有个警察来找我。他先带我到窗口去拿私人物品，然后就带我到接待大厅。纳威德·瑞内在那儿，靠着柜台，一脸垂头丧气。

"哟，好心人来接我啦。"我大声嚷着，语气令人不快。

纳威德向那名警察点头示意他退下。

"你怎么会知道我锒铛入狱？你派人盯着我还是怎样？"

"阿敏，你说得都对，"他意兴阑珊地说，"看到你还活得好好的，我就放心了。我原本还以为会更糟。"

"比方说什么？"

"被绑架或是自杀。我到处找你，晶恩一告诉我你不见了，我就跟警察局和医院系统通报你的体貌特征和出身来历。你这该死的家伙，你都上哪儿去了？"

"这不重要……我可以走了吗？"我问柜台后面的警察。

"你自由了，贾法理先生。"

"谢谢。"

一阵热风扫过街头。两个条子边抽烟边聊天，一个靠在警察局的墙上，另外一个则坐在囚车的踏板上。

"你这样要去哪？"他问我。

"活动活动筋骨。"

"已经很晚了，不要我送你回家吗？"

"我的旅馆很远……"

"怎么回事？你的旅馆？你再也找不到回家的路了吗？"

"我在旅馆好得很。"

看似受到惊吓的纳威德摩擦着他的脸颊。

"你旅馆在哪？"

"我坐出租车。"

"不要我送你？"

"不用了。何况我需要一个人静静。"

"我是不是该了解……"

"没什么好了解的，"我打断他，"我需要一个人静静，就这样，没别的。我说得够清楚了。"

纳威德在街角追上我。他得跑到我前面才能挡住我的路。

"阿敏，我跟你打包票，你这么做非常不智。你看看自己像什么样子。"

"我做了什么不对的事吗，嗯？你说，我哪儿做错了？你同事都感到反感，如果你想知道的话，他们有种族歧视。明明是另外那个家伙先动手，搞得倒像我先惹事似的。不能因为我从警察局出来，你就可以指着鼻子骂我。我今天晚上可见识得够多了。我现在只想回旅馆。妈的，我又不是要月亮！想自己一个人有什么不对吗？"

"是没有，"纳威德说道，将手挡在我胸口以阻止我往前走，"只不过你自己一个人有可能做出伤害自己的事。你得重新振作起来。你都快疯了。而且你以为自己是一个人，那你就错了。你还有朋友可以依靠啊。"

"我可以依靠你吗？"

我的问题令他惊喜。

他张开双臂说："当然可以。"

我盯着他。他的眼睛没有闪躲，只不过颧骨最高处有条肌肉在跳动。

"我要到镜子的另一边去，"我喃喃说道，"墙的另一边。"

他眉头深锁，歪过身子，好把我看个仔细。

"巴勒斯坦？"

"对。"

他撇了撇嘴，转过去对着暗中观察我们的那两名警察。

"我还以为这个问题已经解决了。"

"我也以为。"

"发生了什么事？又让你这么不安？"

"这么说好了，是一个攸关荣誉的问题。"

"阿敏，你的荣誉完好无缺。一个人不会因别人犯下的错误就有罪，只会因自己犯的错才有罪。"

"这口气很难咽得下去。"

"你不一定非得咽下去不可。"

"你就是错在这儿。"

纳威德的食指和拇指撑着下巴，眉毛缩成一团。就我这么消沉的状况，他没法想像我去巴勒斯坦会怎么样，现在正在想更有技巧的方式来劝阻我。

"这不是个好办法。"他找不到有力的说辞。

"我没别的办法。"

"你究竟要去哪？"

"约旦河西岸的杰宁。"

"那边打仗打得正热火。"他警告我。

"我也是……你还没回答我的问题：我可以依靠你吗？"

"我想你什么理由都听不进去。"

"理由？什么理由？我可以依靠你吗？可不可以？"

他既为难又不安。

我翻着口袋，只找到一包揉得稀巴烂的烟，抽出一根，塞进嘴里。我发现打火机已经不在我身上。

"我没火，"纳威德带着歉意说，"你该戒烟。"

"我可以依靠你吗？"

"我不懂你要怎么样依靠我。你想去一个战火连天的地方，我的影响力在那边发挥不了半点作用，我的运气在那边一点也行不通。我不知道你想证明什么。那边完全没有你想要的。杰宁到处都有狙击手，不长眼的子弹比交战双方真正的火力更可怕。我先警告你，伯利恒跟杰宁比起来，简直就像海水浴场。"

他意识到自己说漏了嘴，企图弥补——为时已晚。他最后一句话像爆竹般在我身上引爆。我的喉结逼得喉咙快爆开，我逼得他无话可说：

"晶恩答应过我什么都不说，她是一个守信用的人。如果她没告诉你的话，那你怎么会知道我去过伯利恒？"

纳威德感到有点难堪，但此外他并没有其他的表情，他那张脸没泄露出一丝一毫心中的盘算。

"换了是你，你会怎么做？"他无奈地说，"我最好朋友的老婆是自杀式袭击者。她让我们所有人，她的丈夫、邻居、亲戚都很意外。你想知道为什么会这样？这是怎么造成的？这是你的权利。但这也是我的责任。"

我不敢相信。

我整个人瘫软无力。

"居然有这种事！"我说。

纳威德想靠近我。我伸出双手求他留在原地，并朝身边第一条小路走去，钻进黑夜中。

第十四章

在杰宁这儿，理智像一张嘴，满嘴的牙齿都被打断了；这里的理智也不愿意装上假牙，以求恢复它的笑容。话说回来，反正这个城里也没人会笑。自从裹尸布和战斗的旗帜进入这里的日常生活之后，此地人们昔日拥有的幽默感早已经被遮蔽了。

"你现在看到的，还不算惨呢，"我堂兄贾米勒说道，好像看出我在想什么，"拿地狱跟杰宁的惨况相比，地狱就像庇护所。"

然而，我过来的一路上，已经看到很多惨状：遭到包围的小村庄；每个斜坡都有检查岗哨；道路两旁惨遭炸毁的烧焦车骸；一群群受苦受难的人，推来挤去，等着轮到自己接受检查，但每每都被拒绝放行；嘴上无毛的小兵没了耐心，不分青红皂白见人就打；

抗议的妇女只能用满是瘀青的双手抵挡落在她们身上的枪托；有几辆吉普车穿梭在平原上，还有的吉普车则正在护送囤垦区的犹太裔人士前往田地工作，小心翼翼的程度彷佛他们正在穿越地雷区似的。

"一个礼拜前，"贾米勒补充说，"这里简直就是世界末日。阿敏，你听过'用大炮打小鸟'这种不成比例的事情吗？在杰宁啊，坦克车会朝着向它们扔石头的小孩子开火。街上每个角落都看得到巨人歌利亚在践踏大卫①。"

我完全没料到这里的情况糟糕到这种程度，也不知这里竟然是毫无希望。我完全知道巴以双方的敌意已经没了理性，同时我也心知肚明，交战双方都展现出来无比的愚昧顽固，拒绝彼此倾听，只听得见己方惨遭杀戮的怨恨。可是亲眼看到，还是令我无法忍受，无比痛心。我所生活的特拉维夫是另外一个世界。我的盲目使我对蹂躏我家园的悲剧视而不见；别人赋予我的荣誉掩盖住我看清恐怖真相，这真相就是将这块上帝赐福的美地弄成了可怕的荒场。在这块土地上人类的基本价值遭到扭曲，人类的良心化为乌有；就算在这块土地上焚香，也只能闻到破碎承诺的臭气。在这块土

---

① 《圣经·撒母耳记上》记载，少年时的大卫王面对敌方的巨人战士歌利亚毫不畏惧，以投石器打死歌利亚。

地上，祷告被埋没在武器上膛的声音和哨兵的反抗中。

"我们不能再往前了，"贾米勒警告我，"我们快到了双方分界线；从左边那个被炸毁的内院开始就是双方开火的靶场。"

他指着一堆被烟熏得黑黑的碎石堆给我看。

"上星期五，圣战组织处决了两个人。尸体就曝露在那边，肿得跟肠衣做的气球似的。"

我环顾四周。这附近好像已经疏散过了。只有一队外国电台在武装守卫的密切守护下拍摄断垣残壁。一辆四轮驱动车突然不知道从哪驶了出来，车上有好几挺 AK-47 步枪朝天指着，这辆车笔直往前猛冲，在轮胎发出可怕摩擦声中，消失于转弯处；车后面留下的飞扬尘土，过了好久才消散。

不远处回荡着开火的声音，接着就是一片死寂，令人沮丧。

贾米勒往回开，直到一处圆环，他朝一条宁静的街道窥伺了一番，考虑了一番，还是决定别做无谓的冒险。

"这不是个好兆头，"他说，"一点都不好。通常这附近都会有三四个人来帮我们指路。这边没有人的话，就代表这一带有陷阱。"

"你哥卡利勒住哪？"

"离这座清真寺几百公尺的地方，就在右边光秃秃的屋顶后面。可是得先穿过这一区才能到那边，这一带的狙击手特别多。我们已经过了最糟糕的地区，不过还是很麻烦。大半个城市都被以色列总理沙龙手下的军人占领，主要进出口也遭封锁。他们根本就不会让我们靠近，因为怕有汽车炸弹。至于咱们的民兵，他们神经紧张，管他什么证件不证件，先开火再说。我们挑今天来这里找我哥卡利勒，真是挑错日子了。"

"你建议怎么做？"

贾米勒的舌头在蓝色的嘴唇上转了转。

"我不知道。我没料到会这样。"

我们折回原路直到圆环，碰到两辆红十字会的救护车，于是远远跟在它们后面。远处有辆被炸毁的巴士，接着又有一辆。两架直升机在尘土飞扬的天空中嗡嗡作响，随时准备发射火箭。我们小心翼翼跟在那两辆救护车后面慢慢往前开。好几条街的房屋不是被坦克车和堆土机夷为平地，就是被炸毁；堆积如山的瓦砾堆和残缺不全的废铁料取代了原来的房舍，恐怖的荒地依次连接，成群结队的老鼠在那儿攻略下城池，打算就此巩固它们的帝国。一排排的废墟依然可以看出昔日街道的规模，如今是一片死寂，残破的墙面大剌剌地站着，上头满是裂缝和涂鸦。一切——成堆的砾石，惨遭装甲车压毁的汽车遗骸，伤痕累累的篱笆和充满悬疑气氛的广场——所有的一切都散发出恐惧，我原先以为此地的恐惧已经过去。可以确定的是那些恐惧实在黏人，曾经经历过的人都再也无法摆脱。

那两辆救护车开往充斥着惊恐不安的孤魂野鬼的一处营地。

"这些人死里逃生，"贾米勒向我解释道，"那些被夷为平地的房子就是他们的。现在他们往这边撤退。"

我什么也没说，我怕得要死。我哆嗦着掏出了我那包烟。

"给我一根好吗？"

那两辆救护车停在一幢建筑物前，心急如焚的母亲等在那儿，身边围着一群吵吵闹闹的孩子。救护车司机跳下车，打开车门，开始费力发放补给品，大伙你争我夺，抢成一团。

贾米勒想办法左弯右拐，抄了一连串的捷径，一遇到让我们血液凝结的枪战或者有可疑人物出现，就折回原路。

我们终于到达损害较小的地区。有的民兵穿着迷彩服，有的戴头套，忙得正起劲。贾米勒跟我说他得把车留在车库里，从现在起我们必须仰仗自己结实的双腿。

我们走过一条又一条的小路，永无止境，路上聚集着愤怒的人群。不久之后，终于隐约看见卡利勒的茅屋。

贾米勒敲了好几次门，没人回应。

有个邻居告诉我们说，卡利勒和家人几个钟头前已经去纳布卢斯了。

"真倒霉！"贾米勒嚷道，"他有没有说去纳布卢斯的哪里？"

"他没留下联络方式……他知道你要来吗？"

"我没办法通知他！"贾米勒因为走了这么一大圈而没什么结果，正感到生气，"杰宁这地方与世隔绝……我可不可以知道他为什么去纳布卢斯？"

"这个嘛，他走了，就这样。你要他留在这边做什么？这里既没自来水，又没电，连吃的东西都没有，不管白天还是黑夜，眼睛都不敢闭起来。我啊，要是我在别的地方有亲朋好友可以投靠，我也会这么做。"

贾米勒又跟我要了一根烟。

"真倒霉！"他骂道，"纳布卢斯那边我一个人都不认识。"

那位邻居请我们到他家休息。

"不，谢了，"我说，"我们得赶时间。"

贾米勒设法想出对策，可是他的失望阻挠了他的思路，他蹲在他哥门前，神经质地猛抽烟，下巴揪在一起。

他突然跳了起来。

"怎么办呢？"他说，"我不想在这里待太久。我还要赶回拉马拉，把车还给车主。"

我也十分为难。卡利勒是我唯一的线索。因为根据最新消息，我奶妈女儿蕾拉的儿子阿戴勒一直都借住在他家。我原本还冀望可以从卡利勒这儿一路追查到阿戴勒。

卡利勒和贾米勒是我的堂兄弟。卡利勒和我不太熟，他比我大十岁，不过我和贾米勒小时候相当亲近。近年来我们不常见面，因为我们的职业完全不同，我是特拉维夫的外科医生，他则在拉马拉当押货的保镖，不过只要他刚好经过我那区，贾米勒向来都不会忘了到我家转一转。他是个正直的好父亲，感情真挚又大公无私。他相当赏识我，我们始终保持着昔日哥俩好的绝佳默契，历久不衰。我告诉他我要来这边的时候，他立刻就跟老板请假好帮我的忙。他知道丝涵的事。亚希尔跟他说过我在伯利恒度过痛苦的几天，也告诉了他别人可能怀疑我是以色列特工派来的。贾米勒不肯相信这些话。他威胁我说，要是我住在别人家不住他家，他就永远都不跟我说话。

我在拉马拉待了两夜，因为修车师傅没能修好我的车。贾米勒不得不找上另外一个堂兄弟，跟他借车，并且答应今天晚上就会还他。贾米勒原本想把我载到他哥卡利勒家后就立刻赶回去的。

"这附近有没有旅馆？"我问那个邻居。

"当然有，可是来了这么多记者，旅馆全爆满了。你愿意在我家等卡利勒的话，那没问题，不会打扰我的。虔诚的信徒家里总是会多张床。"

"谢谢，"我对他说，"我们会自己想办法。"

我们在离卡利勒家不远一个类似民宿的地方找到了个房间。接待我们的那个人要我预付，然后就陪我到三楼，带我来到一间小房间，房里的摆设有：一张凹下去的小床，一个简陋的床头柜，还有一把金属制的椅子。他告诉我厕所在走道尽头，还有遇上什么事都派得上用场的紧急逃生出口，然后就丢下我一个人自生自灭。贾米勒在大厅等我。我把袋子放在椅子上，打开面对市中心的窗户。很远的地方，有好几群小孩子在朝以色列装甲车丢石块，然后四散逃窜以躲避以色列军人扫射；催泪瓦斯炸弹在尘埃四起的街头散发出白色烟雾；一群人聚在一具刚遭击毙的尸体旁……我关上窗户，到楼下去找贾米勒。沙发床上睡着两名衣衫不整的记者，身边的器材已经从包里拿了出来。柜台人员告诉我们，想喝点或吃点东西的话，右边走到底有一间小酒吧。贾米勒说他得赶回拉马拉了。

"我又去过卡利勒他家一次，把旅馆的地址留给刚才那个邻居，我哥一回来就可以跟你联络。"

"很好。我不会离开旅馆的。何况，这边也没什么地方好到处逛的。"

"你说得对，你就安安静静待在你房里，直到有人来找你。卡利勒今天，最迟明天，一定会回来。他从来不会放着家里没人。"

他紧紧抱住我。

"阿敏，千万小心。"

贾米勒走后，我去酒吧抽了几根烟，喝了杯咖啡。好几个头上包着绿围巾、胸前穿着防弹背心、全副武装的青少年也来了。他们在角落坐定，一群法国电视台的工作人员加入他们。其中一名最年轻的民兵过来跟我解释说他们要进行访谈，好声好气地请我走开。

我上去房里，又打开了可以看见双方交火现场的那扇窗户。看到眼前的景象，我的心揪在一块儿……杰宁……我儿时的一座大城。我们部落的土地位于离这约三十公里的地方，我经常陪父亲到城里把画卖给不老实的画商。那时杰宁在我眼里就跟巴比伦大城一般神秘，我还喜欢把杰宁的地毯想象成会飞的魔毯。后来，青春期的我对妇女摇摆的腰肢更为注意，我就学会像个大人似的一个人到杰宁来。杰宁是堕落天使梦寐以求的城市，虽然一看就知道是大城市，却有着热闹小镇的形形色色，拥挤的人潮令人想起斋月期间的市集，一个个店铺好似藏宝的阿里巴巴山洞，店里的小玩意儿将贫困的阴影降至最低，至于在杰宁香气扑鼻的巷弄里，满街奔跑的顽童则令人想起赤着脚的王子；除此以外，杰宁也有风景如画的一面，过去曾令朝圣者迷惑慑服，杰宁面包的味道是我在任何地方都找不到的，而即使惨遭这么多不幸，杰宁依然善良纯朴如初……那些具有特殊魅力和风格的小情调到哪里去了？那种小情调使得女孩子们无论是羞涩还是肆无忌惮，甚至坏脾气的老人，都有着令人无法抵挡的吸引力。这个地方从里到外都被荒诞给摧毁，连孩童的欢乐都不放过，一切都陷入可怕的阴沉黯淡。你在这个地方，感觉简直像是在地狱边缘为人遗忘的角落，到处都是无精打采的孤魂野鬼、筋疲力竭的生灵以及半人半鬼的东西，他们被浸在风霜沧桑之中，就像被透明漆黏住的苍蝇，外形变了样，双眼翻白，恐惧地望向黑夜，不幸至极，就连大太阳也照不亮他们。

杰宁如今只是座受苦受难的城市，一团硕大无朋的泥沼；杰宁无法提供任何价值，这儿的每个街角都张贴着"烈士"遗照，而杰宁看上去也与"烈士"的微笑一般深不可测。杰宁因以色列军队多次入侵而惨遭毁容，一次又一次地被钉在柱上示众，一次又一次地重生。到最后，这座城市再也没有了气息。杰宁长眠于诅咒之中……

有人敲门。

我醒了。房间已陷入黑暗。我的表显示着下午6点。

"贾法理先生，有人来看您。"门后面有人对我说。

有个男孩在柜台等我，身上裹着一件太大的迷彩军服。他大概还不到18岁，却故意想装成熟。在他线条柔和的脸上，有着好几道青髭权充胡须。

"小名阿布达玛，"他自我介绍，刻意卖弄学问，"这是我作战用的名字。我很可靠。卡利勒派我来找你。"

他以游击队员的方式紧紧拥抱我。

我跟着他穿过动荡不安的区域，这儿的人行道消失在层层瓦砾之下。以色列军队应该不久前才刚撤离这一带，因为坑洼的马路上还留有装甲车履带啃食过的痕迹，好似长期经历苦难的死囚身上所留下的新伤痕。一大群孩子在喧闹声中赶上了我们，随后就大吵大闹地消失于一条小街中。

我的向导对我来说走得太快；他被迫不时停下来等我。

"这条路不对。"我提醒他注意。

"天很快就要黑了，"他解释说，"有些地区晚上禁止通行。为了防止误认，我们在杰宁都很守规矩。确实遵守指示。要不然我们没办法保护自己。"

他转过身来对着我，补充说道：

"只要你跟我在一起，就不会有危险。这是我的地盘。一两年后就会归我管。"我们来到没有照明的小路尽头。大门前有军人站岗的身影。男孩推我去岗哨那儿。

"我们的医生来了，"他说，"使命完成。"

"很好，小鬼，"哨兵说，"现在你回家去，忘了我们。"

哨兵的语气如此斩钉截铁，男孩有点狼狈，跟我们打了个招呼，就匆匆消失于黑暗中。

哨兵要我跟他一起进到内院，里面有两个民兵，他们就着手电筒的光刚清理完步枪。一名身材高大的男子穿着件腰身处束紧的伞兵装，站在满是行军床和睡袋的厅室门口。满脸黑斑，双眼冒火。他看到我十分不高兴。

"医生，你想报仇？"他冲着我说。

如此令人措手不及，害我花了点时间才反应过来。

"什么？"

"你听得够清楚了。"他回呛我，带我进入一间密室。

"是以色列情报局派你来把我们弄得鸡犬不宁，好让我们离开我们藏匿的地点，刚好变成他们的活靶。"

"才不是这样。"

"你给我闭嘴！"他边威胁我，边把我推到墙上，"我们容忍你也太久了。你到伯利恒的那次弄得太招摇了。你到底想怎么样？想在阴沟里被割喉还是被吊死在广场？"

这个男人让我骤然产生一股莫名恐惧。

他拿手枪枪口顶着我的腰，逼我跪下。一名我完全没看到他进来的民兵用力把我的手拉到背后，扣上手铐，动作十分流畅，彷佛在做运动。我对情况的丕变，还有自己这么容易就落入圈套感到十分诧异。我无法想象会发生什么事。

那名男子贴近我，好把我看个仔细：

"终点站，医生。所有人都下车。你太过分了，不该一路跑到这儿来，因为我们这儿对浑蛋可没耐心，而且我们不会坐以待毙。"

"我来找卡利勒。他是我堂哥。"

"卡利勒听到你要来找他，就闻风而逃了。他啊，他可没发疯。你知道自己在伯利恒闯了多大的祸吗？就因为你，大清真寺的伊玛目被迫另觅他处藏身，我们不得不暂停那边的所有作业，先确定我们的网络是否已被以色列人盯上。我不知道为什么阿布·穆卡乌姆会同意见你，真是个傻主意。他也一样，打从你去过以后，他也搬家了。现在你又想跑来杰宁这边来闹个天下大乱？"

"没有人指使我。"

"哟，是啊……你太太的那次自杀袭击以后，条子就把你给抓了；接着，三天后又把你给放了，轻轻松松，既没起诉也没审判。就差没因为造成你不快而向你道歉。为什么呢？因为你的眼睛很美吗？我承认，我们差点要这么相信了，只不过我们可从没见过这种情形。从来没有任何一个人质能不先把自己的灵魂卖给魔鬼，就能从以色列情报局的手里重获自由。"

"你搞错了……"

他揪着我的下巴，用力挤压，逼我一直张着嘴。

"医生先生很气我们喔。他的夫人因为我们才送了命。她原本在金丝笼里好得很，不是吗？她吃香喝辣，睡得安稳，快乐得不得了。她什么都不缺。好啦，这下子有一批声名狼藉的浑蛋害得她误入歧途，因为他们送她去——你是怎么说来着？送她去变成焦炭。医生先生活在战争边缘，可是他不想听人提起。他认为自己的老婆也对这些事漠不关心。这个嘛，那他可大错特错啰，这位医生先生。"

"我是因为跟袭击事件没有任何牵连所以才被放出来的。没人雇我。我只想知道究竟怎么回事，所以我才要找阿戴勒。"

"一切都清楚得很。我们在打仗。有的人拿起武器，有的人坐视不管;甚至还有的人打着'巴勒斯坦解放事业'的旗号大发横财。人生就是这样。不过只要每个人都乖乖地待在自己的地方，井水不犯河水，这还不怎么严重。问题是，那些生活安逸的人跑来扯那些活在水深火热里的人的后腿，这可就麻烦了……你太太选了自己的阵营。你给她的幸福带着腐烂的臭味,令她反感,你知道吗?她才不想要那种快乐。同胞们在枷锁下痛苦挣扎，自己却在阳光下晒得金黄发亮；她再也没办法这样下去。我得画张图跟你解释你才能了解，还是你自己拒绝面对现实？"

他站了起来，气得发抖，用膝盖把我顶得紧贴着墙，走出去，还把门上了两道锁。

过了几个钟头，有人将我的嘴巴和眼睛蒙住，把我扔进后车厢。对我来说，这就是结局。他们要带我到荒地执行处决。但我最无法忍受的是自己只能任他们摆布，就连羔羊也比我更懂得抵抗。后车门在我头顶盖上，我对自己所残留的一丝尊敬也随着盖上的车厢荡然无存，同时车盖也让我从这个世界上彻底消失。我这一路走来，这一整个出奇顺利的职业生涯，即将像件平庸至极的行李般在这辆车的后车厢中宣告终结！我怎么会落到这个下场？我怎么能忍受别人不费吹灰之力就可以这么对待我？无力的愤怒感将我带回到遥远的过去。我记得有个早上，祖父用二轮车带我去看没有执照的牙医，他不小心在路上滑进一道车辙里面，意外害得一个赶骡子的大汉摔倒。这个赶骡客站起来，不断用脏话辱骂祖父。我则等着看接下来轮到我祖父这位族长发火，演出一幕荷马史诗般壮烈的好戏，就好像他在家乡让族里顽劣分子发抖那般。可是我看到我的半人半马——我最崇拜的人，崇拜到将他奉若神明的人——只是感到局促不安，道歉声连连，弯腰拾起那名赶骡客从他头上硬摘下来还扔到地上的头巾，我好伤心，连蛀牙都不痛了。我那时候七八岁。我不敢相信祖父竟然能接受别人用这种方式来羞辱他。我既愤慨又无能为力，赶骡客每大声咒骂一次，我的胆量就跟着降低了三分。我只能眼睁睁地看着我的偶像逐渐毁灭，就像看着自己那艘船沉入海底的船长一样……盖上后车厢的那一刹那我所感受到的哀伤，跟童年的那次伤心经验完全相同。遭受这么多侮辱却不出手反击，对等待着自己的命运无计可施；我感到好羞耻。我根本什么都不是。

第十五章

他们把我关在既无天窗也没照明的阴暗地窖里。

"这地方不舒适,"这个穿伞兵装的男子对我说,"不过服务倒挺周到的。别想耍小聪明,因为你绝对不可能离开这里。要是光我一个人决定,恐怕早就有你好受的了。很不幸的是,我上面还有好几个长官,他们的意见跟我心里所想的不见得总是一样。"

他走出去,砰的一声关上门,我的心脏都快停了。

我抱着膝盖缩成一团,就再也动不了了。

第二天,有人来找我。帮我戴上手铐,蒙上头套,嘴巴塞了东西,我又到了汽车后车厢。经过漫长颠簸的旅程后,有人把我扔在地上。他们叫我跪下,拉下头套。第一个映入眼帘的东西就是一块沾满鲜血、弹痕累累的大石头。这个地方散发出强烈的死亡气息，八成有不少人在这里遭到处决。有人拿枪对着我的太阳穴。"我知道你不在乎麦加圣地的'天房'①位置在哪里，"他说，"不过祷告几句总归是好的。"金属枪管对着我啃咬，折磨着我。我不怕，却抖得厉害，牙齿打颤打得几乎都要掉了。我闭上眼睛，拿出我最后仅存的尊严，等着他们把我给终结掉。劈哩啪啦作响的对讲机在我临终前救了我一命；有人命令行刑的刽子手将这份肮脏的工作往后延，又把我带回拘留我的地方。

再度是同样的黑暗，只不过这回这个世界只剩下我一个人，连个守卫的影子，连个回忆都没，唯有这在我肚肠中令人作呕的恐惧和抵着我太阳穴的枪管痕迹……

第二天有人来找我。经过一段路程后，同样的脏污大石头，相同的场景，对讲机同样讲个不停；我了解到这原来是一种模拟处决，他们想故意把我搞到崩溃。

后来就没人来找我麻烦了。

我被关在臭老鼠洞里六天六夜，奉送给跳蚤和蟑螂，他们只喂我喝冷汤，还让我睡在一张磨破我脊椎、好比墓石的破床上！

---

① 又称"克尔白"，为沙特阿拉伯麦加城禁寺中央的立方形高大石殿，为世界穆斯林做礼拜时的正向。

我等着拷打审讯、严刑逼供或诸如此类的事，结果什么都没有。负责监督我的亢奋青少年炫耀着他们的枪支，即使偶尔拿东西给我吃，也对我不发一语，完全无视我。

第七天，有个指挥官在层层护送下到地窖来看我。这是个三十来岁的年轻人，看起来有些虚弱，一边的脸上有被刀子划过的痕迹，两眼泛黄。他身着一袭洗得都褪了色的野战服，斜背着的肩带上挂着一挺俄制突击步枪。

他等我站好，然后把他的手枪塞进我手里，自己退后两步。

"医生，手枪上了膛。毙了我。"

我把枪放在地上。

"毙了我，这是你的权利。然后你就可以回家，重新开始过你的生活。没有人会动你一根汗毛。"

他靠过来，又把左轮塞到我手里。

我不肯。

"良心作祟，下不了手？"他问我。

"我是外科医生。"我说。

他耸耸肩不以为然，把手枪塞回军用皮带，对我说道：

"医生，我不知道我有没有成功，但是我希望你能在身体和心理两方面都能体验到，我们就是被同样的仇恨所折磨着。我看过有关你的详细报告。大家都说你是个好人，杰出的人道主义者，没有任何想伤害别人的理由。所以要是我没让你脱离你的社会地位，没把你拖下泥沼，就很难让你理解我想让你理解的。现在你已经亲手碰触到你因为专业上的成功而让你逃过的卑劣脏污，我才有机会让你了解我的意思。生活教导我一点：一个人可以生活在柔情蜜意、吃饱喝足与承诺中，但永远也不可能从羞辱中幸存，全身而退。然而从我一出生，我就只知道羞辱。每个清晨、每个夜晚。我这一辈子，就只见识到这些。"

他稍微比划了一下，他的一个同伙扔了个袋子在我的脚边。

"我帮你带了新衣服。我自己花钱买的。"

我不懂他什么意思。

"医生，你自由了。你要求见阿戴勒。他就在外面等，在车上。另外，你叔公希望能在族长家接待你。你不想见他也没关系，我们会告诉他你不方便。如果你愿意的话，我们还帮你放好洗澡水，还准备了比较像样的一餐。"

我保持最高警觉，一动也不动。

指挥官蹲下去，打开袋子，拿出衣服还有一双鞋给我看，证明他的诚意。

"你这六天待在这个臭烘烘的地下室是怎么过的？"他边站起

来边说，双手叉腰。

"我大胆假设你应该已经学会了恨。否则，这次的经验就什么用都没有。我把你关在里面就为了让你品尝恨的滋味，让你有恨的冲动。我羞辱你，不是为了羞辱而羞辱。我不喜欢羞辱。我曾经惨遭羞辱，我知道羞辱是怎么回事。一旦自尊心受损，什么悲剧都有可能发生。尤其是当你意识到自己没办法让自己有尊严，意识到自己无能为力的时候。这就是学习仇恨最好的地方，我相信。一个人就是从理解到自己无能的那刻起学会仇恨。这是个悲惨的时刻，比任何时刻都更可恶、更残酷。"

他气冲冲地抓住我肩膀。

"贾法理医生，我要你了解为什么我们拿起武器，为什么小孩子会像看到糖果盒一样扑到坦克车上，为什么我们的墓园挤得满满的，为什么我要战死沙场……为什么你太太会跑到餐厅里面把自己给炸了。没有比羞辱更好的催化剂。医生，羞辱是世上最大的恶，它夺走了你生活里的滋味。只要你还没咽下最后一口气，你的整个脑袋就只有一个想法：历经悲惨、盲目和一无所有的生活以后，要怎么样才能有尊严地结束生命？"

他发现自己的手指把我弄痛了，收回了手。

"医生，没有人是因为好玩才加入我们的。你见到的每一个男孩子，他们有的拿着弹弓，有的带着火箭筒，他们每个人都恨战争恨得要命。因为每一天，这些正值青春年少的孩子们当中的任何一个，都有可能会被敌人射杀。他们也想享有不错的社会地位，也想当外科医生，当歌唱天王，当电影明星，开着漂亮的跑车，每天晚上尽情享乐。问题是，有人剥夺了他们这个梦想。有人逼着他们离群索居，待在贫民窟里，直到彻底完蛋。所以他们才宁愿赴死。眼见美梦无望，死亡就成了最终救赎……医生，丝涵理解这点。你应该尊重她的选择，让她得以安息。"

他走出去之前，又加上几句：

"人类的疯狂当中，会出现两个极端的时刻：得知自己无能的那个当下，还有了解到别人很脆弱的那个当下。医生，问题就在于，你到底是接受自己的疯狂，还是被自己的疯狂所折磨。"

说到这，他就向后转，走了，随扈紧跟在后。

我呆呆站在牢房正中央，面对打开的门，门外就是被阳光照得白晃晃的内院。大剌剌四下乱射的阳光直射进我的大脑。我听到几辆车发动的声音，然后一片寂静。我还以为在做梦，不敢捏我自己。莫非这是另一个幌子？

一个人影出现在房门口。我立刻就认出他来；矮胖、臃肿、垮肩、短腿、略微驼背——是阿戴勒。我不知道为什么，看到他在我人生的黑暗深处与我重聚，我一阵抽泣，从头到脚都在晃动。

"阿叔？"他说，声音沙哑。

他往我这边走来，小步小步地走，彷佛深入熊穴探险。

"叔叔？是我，阿戴勒……他们说你在找我。所以我就来了。"

"你花的时间还真久。"

"我不在杰宁。昨天晚上札卡希亚才叫我回来。我才刚到这里不到一个钟头。我不知道是你。究竟怎么了，阿叔？"

"少叫我叔叔。打从我在家里接待你，把你当成亲生儿子到现在，一切都变了。"

"我知道。"他低下头。

"你知道些什么？你还没 25 岁？看看你把我搞成什么样。"

"我也无能为力。没人可以。我不想要她去赴死，可是她心意已决。就连玛尔万伊玛目也劝阻不了。她说她是完完全全的巴勒斯坦人，还说她不懂为什么自己该做的事要让给别人做。我向你发誓，她真的什么都听不进去。我们对她说她活着比死了对我们更有用。她在特拉维夫帮了我们很多忙。我们重要的会议，都是在你家开的。我们乔装成修水管的，或是水电工，把设备藏在货车上带进去，以免引起怀疑。丝涵借账户给我们，我们革命事业的钱，都汇到她的账户。她是我们在特拉维夫的重要联络站。"

"还有拿撒勒……"

"对，还有拿撒勒。"他一点都不觉得有什么不对。

"你们也在拿撒勒开会吗？"

"没在拿撒勒开会。我因为调查捐款人背景，所以去那边跟她会合。我们先一一拜访过捐钱给我们的恩人，然后丝涵就负责把钱带到特拉维夫。"

"就这样？"

"就这样。"

"真的？"

"你什么意思？"

"你们俩是什么关系？"

"军事行动中的同志。"

"就光是同志而已？还真是个好借口。"

阿戴勒搔着头顶。看不出来他是不知所措还是无计可施。他背光，我看不清他的表情。

"阿巴斯可不这么认为。"我对他说。

"谁是阿巴斯？"

"丝涵的舅舅。就是那个在坎纳村想用十字镐敲你头的那个。"

"啊！那个疯老头。"

"他脑筋清楚得很。他完全知道自己在做些什么,说些什么……他看到你们两个在拿撒勒遮遮掩掩的。"

"那又怎么样?"

"他认为事有蹊跷。"

就在这个当下,我才不管战争,不想管什么伟大志业,不管皇天在上,不管后土在下,不管"革命先烈",不管"志士纪念碑"。我还活生生地站在这里,实在是个奇迹。我的心脏发了疯似的在我胸口乱撞;我的内脏彷佛落入它们自己分泌出来的腐蚀汁液之中。我说出口的话,比我的焦虑更刺伤我,宛如火花在我内心深处飞溅迸射。我害怕每个从我嘴边溜出来的字,会像回旋镖一样转过头回击自己,就地将我歼灭。但搞清真相、求得心灵平静的需要,又比什么都强烈。我简直就像在赌俄罗斯轮盘,我的命运对我来说无关紧要,因为揭开真相的那一刻,就等于将我和丝涵之间的关系,做了一个终极的裁判。我才不在乎丝涵是从什么时候开始沉溺于自杀战斗精神,也不想知道是不是因为我哪里做错了,所以才在某种程度上加速了她的灭亡。这一切都是其次。我最想知道的首先就是,对我来说全世界最重要的问题就是,丝涵到底有没有背叛我。

阿戴勒终于弄懂了我的意思,然后变得愤怒至极。

"你什么意思？"他激动地说不出话来，"不！不可能！我们现在扯到哪去了？你在暗示些什么？不会的！你怎么敢这么说？"

"她策划进行自杀炸弹袭击，这件事就瞒我瞒得很好。"

"这不是一码事。"

"是一码事。会说谎的就会背叛。"

"她没有说谎。我不准你……"

"你，你胆敢不准我……"

"对，我不准你，"他像弹簧般一跃而起，大声喊着，"我不准你玷污她的名誉。丝涵是个虔诚的女人。从未冒犯真主的人，当然不会背叛丈夫。既然丝涵选择了为真主放弃性命，就是放弃了生命中的一切，放弃人世间的一切，无一例外。丝涵是个圣女，一个天使。我连抬起眼睛看她看久一点都觉得会遭天谴。"

天哪，我相信他！我相信他说的话。他的话把我从我的怀疑、我的痛苦中拯救了出来；我全盘接受，绝对相信。我天空里的乌云以惊人的速度消散殆尽，转而为万里晴空。一道轻风吹拂过我，驱散毒害我内心的乌烟瘴气，让我的血液恢复色泽。天哪！我得救了，如今我这个微乎其微的人再度向人性致敬，如今我维护了自己的荣誉，我不再悲伤与愤怒，我都几乎想原谅一切了。我取得了我自己的谅解，我的双眼满是泪水，但我不想让泪水破坏这份谅解，因为此刻我正在身体、灵魂深处举行一场私密欢庆。对我这个因为一点小事就会很激动的男人来说，这实在太强烈了；我两腿一软，瘫倒在那张简陋的床上，双手抱头。

我还没准备好从这里走出去到内院那里，对我来说还不到时候。我宁愿继续在我的牢房待一下，让我有时间恢复过来，让我从来自四面八方的一连串启示中找到定位。阿戴勒坐在我旁边。他的胳臂迟疑了好久，终于搭上我的颈项；这个动作令我反感，我整个人翻搅激动，但并没拒绝。他这么做究竟是出于懊悔还是同情？这两种情况都不是我所期待的。我真的该期待像阿戴勒这种人能给我什么东西吗？我很怀疑。我们对彼此期待所抱持的概念，压根儿就不一样。对他来说，天堂在一个人生命的尽头；对我而言，天堂掌握在手中。对他来说，丝涵是个天使；对我而言，她是我的妻子。对他来说，天使是永恒的；对我而言，天使因我们的创伤而亡……不，我跟他几乎没什么好说的。他能感受到我的伤痛，已经算我运气很好了。他的阵阵呜咽碰触到了我内心最深处。不知不觉中，也不知道究竟是什么原因，我的手不听使唤，伸过去抓住他的手表示安慰……然后，我们就说啊说啊说啊，好似正在力求双方体内的每根纤维都达成默契。阿戴勒到特拉维夫不是为了做生意，而是为了筹措巴勒斯坦人在加沙地区和约旦河西岸抗争所需要的财源。他利用我的好名声和我的热情款待，让外人不至于怀疑。丝涵偶然发现藏在床底下的公文包，包里掉出来一些文件和手枪。接着阿戴勒马上就明白事迹败露。他想过要警告丝涵，然后消失得无影无踪。他甚至想过杀人灭口一劳永逸。正当他筹划让丝涵"意外死亡"的时候，丝涵拿着一叠钞票进到他房间。"给你们的事业的。"她说。阿戴勒花了好几个月才终于信任她。丝涵想跟他一起加入抵抗运动核心。组织让她接受训练，她也通过考核。但她为什么什么都没跟我说？

　　说什么？她没权利说。而且她也不能冒着会遭任何人阻止的危险；何况，守口如瓶是我们的承诺。如果你许下了必须绝对保密的誓言，就不能站在屋顶上大声嚷嚷。我爸妈还以为我在做生意。他们两个都希望我赚大钱，好帮他们过的苦日子雪耻。我所有军事行动他们都蒙在鼓里。可是，他们本身也是起义战士哪，他们会毫不犹豫地为巴勒斯坦献出生命——但他们的孩子就不行。这不正常。为人子女者就是父母的延续，是父母永存的一小部分；他们听到我死会伤心欲绝。我会害他们痛苦逾恒，我心知肚明，但这只是他们得以享有的诸多荣耀中的小小难过。随着时间，他们终究会忘掉忧伤而原谅我。切莫等着别人来为我们牺牲。我们能接受别人家的孩子为我们自己的孩子而死，那也就该接受自个儿家的孩子为别人而献出生命，否则就不公平。阿叔，这点就是你不理解的地方。丝涵除了是你太太外，她更是个女人。她为了其他人而牺牲。

为什么偏偏是她？

为什么不是她呢？你为什么要丝涵置身于她自己人民的历史之外呢？她跟之前牺牲了自己性命的妇女相比，有比她们多些或少些什么吗？为了自由，就得付出这种代价。

她很自由啊，丝涵本来就很自由。她什么都有。我没剥夺她任何东西。

阿叔，自由不是那本政府发下来的护照。爱去哪就去哪不是自由。不愁吃不愁喝不叫成功。自由是一种深刻的信念；自由为确定之母。然而，丝涵却不怎么确定自己配不配那么好运。你们生活在同一个屋檐下，享有同样特权，乐在其中，但你们看事情的角度不同。丝涵的想法更接近她的人民，而非你所以为的那样。她或许是快乐的，却不足以像你那么快乐。你桂冠加顶，荣耀无比，认为这一切理所当然，手到擒来，她并不怪你，但是她希望在你身上看到的不是这种快乐，她认为这样的快乐有一点不适切、不合逻辑。就好比在一片焦土上烤肉。你只看到烤肉；她看到剩下的部分，看到周遭荒芜悲凉，使得你的喜悦走了样。这不是你的错；

尽管如此，她再也扛不住这个你视而不见的重担。

阿戴勒，我什么都没感觉到。她看起来是那么的幸福。

你是那么想让她幸福，乃至于你拒绝去思考有可能让她幸福蒙上阴影的那样东西。丝涵不要这种幸福。这样让她良心不安。唯一让自己心安理得的办法就是加入我们的行列。对原本就受苦受难的人民而言，这是很自然的进程。一个人没有尊严是不会幸福的，没有自由是不会有任何梦想的……身为女人的事实并不会降低或剥夺她做为抗争斗士的资格。男人发明战争，女人发明反抗。丝涵的祖先素来就以反抗而闻名，丝涵是这些祖先的女儿，她的处境让她更知道自己在做什么……阿叔，她要活得心安理得，照镜子时心安理得，开怀大笑时心安理得，而不是光靠自己的运气。我也想哪，我也可以去做生意，比希腊船王奥纳希斯更快致富。可是我们哪能接受自己为了快乐就蒙住眼睛？哪能自顾自转过身去，不面对自己认为不对的事呢？我们不可以一只手浇花，另一只手摘花；当你把玫瑰插到花瓶时自以为在美化客厅，殊不知只是在戕害自己的花园，令其面目全非……

他说得条理分明，我应付得结结巴巴，就跟一只撞上透明玻璃的小苍蝇一样；我很清楚他要传递的讯息，但无法苟同。我试着去理解丝涵的作为，但既不觉得她是出于良知，也不认为她值得原谅。我越想就越不能接受。她怎么会变成这样。"这有可能发生在任何人身上，"纳威德不就是这么说的吗？"像块瓦片突然落到脑袋瓜上，要不就像绦虫一样依附在你身上。反正发生了之后，你看待世界的方式就改变了。"早在认识我之前，丝涵的身上就一直带着仇恨。她属于遭到压迫的一群，既是孤儿又是阿拉伯人；而这个世界，对待阿拉伯人和孤儿都同样无情。成长过程中她必须要学习卑躬屈膝，就跟我一样，只不过她从来都没能重新站起来。她被压迫之后所留下的记忆，带来了更沉重的重担，这些重担随着年岁的增长而一天比一天沉重，乃至于终于走到引爆炸弹自杀这一步，带着如此决心走向死亡，那是因为她身上带着何其丑恶、可怕、令她羞于揭露的伤痕。唯一能摆脱伤痕、削弱心魔的办法就是跟它一起毁灭，就像丧失心智的人从悬崖一跃而下方能战胜自己那样。她将伤疤隐藏得无懈可击——或许她曾经尝试过粉饰伤口，但没成功；仅仅需要小小一个触发，便可唤醒沉睡在她身上的那头野兽。这个触发是从什么时候开始发生的呢？阿戴勒没有问她。搞不好连丝涵自己都不知道。电视上的画面、街上的不公平待遇、没来由的侮辱……一旦心中有恨，小小的触发便会一发不可收拾……阿戴勒说啊说的，一面不断抽烟……我发现自己已经没在听他说了。我什么都不想听。他告诉我的那个世界不适合我。死亡本身就是结束。对一个医生来说，死亡更是彻底结束。我把那么多病人从鬼门关给带了回来，乃至于最后我自以为神。可是只要有一个病人在外科手术台上撒手人寰，我就又成了脆弱且哀伤的凡夫俗子。我一直不准自己当个凡人，我不承认自己属于杀人的那一边，我的使命位于救人这一边。我是个外科医生。而阿戴勒却要求我接受"死亡可以是一种雄心壮志，可以是一个人最热切的渴望，可以是一种当尽的义务"这种观念。阿戴勒要求我接受我妻子的举措，也就是说接受她当个自杀式袭击者带来的死亡；而就我身为医生的使命来说，这种死亡却是绝对不允许的，即使遇到最没希望的病例，乃至于安乐死，都绝对禁止我这么做。这不是我想要的。我不想当个以亡妻为荣的骄傲鳏夫，我是她的丈夫，她的情人，她的主人，她的奴隶，这样让我好快乐，我不想放弃这种快乐。我不要埋葬我的梦想。梦想支持我活下去，梦想会让我活得好好的。

我推开脚边的袋子，站了起来。

"我们走吧，阿戴勒。"

我打断了他，他有点诧异，但他也站了起来。

"你说得对，阿叔。这里不是谈这些事情的好地方。"

"我一点都不想谈。不管在这还是在其他地方。"

他点头表示理解。

"你叔公奥姆拉知道你在杰宁市这里，他想看你。要是你没时间也没关系，我会跟他解释的。"

"不需这么做，阿戴勒。我向来都没有不认家人。"

"我说的不是这个意思。"

"你只是想得很大声而已。"

他回避我的目光。

"你要不要先吃点东西？洗个澡？"

"不了。你朋友的任何东西我都不要。我既不喜欢他们的食物，也不喜欢他们提供的清洁，我也不要穿他们的衣服。"我边说边踢开那袋衣服，以免挡着我的路。

"我要回旅馆去拿东西，要是他们还没把我的东西分送给穷人的话。"

内院的白光向我双眼袭来，可是阳光让我感觉很舒坦。民兵已经走了。只剩下一个笑容可掬的年轻人站在满是灰尘的车子旁边。

"这是维萨姆，"阿戴勒说，"奥姆拉的孙子。"

年轻人双手圈住我的脖子紧紧抱着我。我退后一步看他，他以笑容掩饰自己的尴尬，因为他眼中满是泪水。维萨姆！他还包着尿布哇哇大哭、比拳头大不了多少的时候我就见过他，现在他比我高出一个头，胡子也冒了出来，正值大好青春的他，一只脚却已经踏进坟墓，只不过这是他自己选择的。他挂在皮带上的手枪令我心碎。

"你先带他去旅馆，"阿戴勒命令他，"他要去那边拿东西。万一柜台忘记把他的东西放在哪里，你就让他们恢复记忆。"

"你不跟我们一起去？"维萨姆感到惊讶。

"不了。"

"你刚刚说要啊。"

"我改变主意了。"

"好吧。随你便。那就明天见，或许吧。"

"谁知道呢？"

我等着阿戴勒过来拥抱我，他却待在原地，低着头，双手叉腰，用鞋尖踢着颗小石头玩。

"那就下回见了。"维萨姆又说。

阿戴勒的目光落在我身上，双眼满是阴影。

好个眼神！

跟那天早上我送丝涵去巴士总站，她看我的眼神一模一样。

"我真的很遗憾，阿叔。"

"那我呢？"

他不敢走近我。而我呢，也没鼓励他靠近我，我更不可能主动去靠近他。我不想给他任何想象的空间；我要让他知道，我的伤口是不会愈合的。维萨姆开了车门，等我坐定后，就绕到驾驶座那边开车。车在小院子里打了个转，差点擦撞到心事重重的阿戴勒，接着就上路了。我想再看看这个眼神，仔细检视一番；但我没回头。车子一路往山坡下行驶，马路分成好几条小路。城市的声音浮现，人群的骚动令我恢复了精神；我把头转过去靠在椅背上，试着什么也别想。

旅馆把我的东西交还给我，还准我洗个澡。我刮了胡子，换了衣服，然后就叫维萨姆载我去看看我祖先的土地。我们平平安安地出了杰宁。战事停止了一段时间，大部分的以色列坦克车队均已撤退。好几个电视台采访队在断垣残壁中来来去去，寻找值得大肆报导的恐怖事件。我们的车穿过无边无际的田野后，来到通往族长果园的坑洼道路，我的目光像个逐梦的孩子般随着平原驰骋。但我还是不禁想到阿戴勒，想到令他陷入黑暗的重重阴影。他留给我一种奇怪的印象，好像降半旗哀悼的感觉。我彷佛又看到他站在被炽热白光照得快烧了起来的那个内院里。这不是我认识的那个有趣又开朗的阿戴勒；这是另一个人，一个悲剧型的人物，受到狼一般的野心驱使，从来不会想得远一点，只晓得下一餐、下个猎物、下回杀戮，超出这些以外就是洁白无瑕的虚无，一切都悬而未决或只能凭空猜想。阿戴勒抽的每根烟都好像是最后一根，说到自己好像在说另外一个人，眼中还带着停尸间的晦暗。很显然，阿戴勒对活生生的一切已不抱任何希望。他可以立刻义无反顾地掉头不看明天，因为他怀疑明天会让他失望，所以拒绝苟活。他自己选择了这种地位，依他之见，这就是最适合他这号人物的地位：烈士的地位。这就是他想要终结的方式：与他所捍卫的崇高理由结为一体。纪念石碑已然刻上了他的姓名，他将会因为自己的彪炳战功令人永远怀念。再没有什么比机关枪的声响更能让他高兴的了；再没有什么比在前线上开枪瞄准更能让他登上高位的了。他之所以没有一点良知，战争之所以变成他达成自我尊重的唯一机会，那是因为他本身早已经死了，只等着入土安息。

　　我想我是抵达终点了。这一路走来相当不得了，可是我不觉得自己完成了些什么，也没找到让我得到救赎的回答。同时，我觉得精疲力竭；我自忖已然到了苦难尽头，从现在起，再也没有任何事会让我措手不及。这次对真理的痛苦探索是我的启蒙旅程，我自己的。从此以后，我会重新考虑事情的轻重缓急，质疑它，根据它来将自己重新定位吗？当然，但我不会有为某件事做出重要贡献的感觉。对我来说，将来有一天我重新掌握自己、找回病人，才是唯一真正重要的真理。因为我唯一相信的、真正值得为其洒热血的，就是我所担当的外科医生所面临的战斗，这种战斗是在死亡选择好要加以操弄的地方上，重新创造出生命。

第十六章

　　奥姆拉，我们部落的长老，同时也是一个世代最后的幸存者，那个年代的冒险传奇是我们童年的床边故事；奥姆拉，我的叔公，正是他跨越了宛若流星般稍纵即逝的世纪，如此迅速，乃至于永远都来不及许下愿望。他在那，在族长的天井里，正对着我笑。再看到我他很高兴。满是皱纹的脸上闪出的喜悦如此令人心碎，简直就像找到长久失去音讯的父亲。他曾经数度出发朝圣，遍尝荣光与荣耀，去过好多国家，并曾骑乘传奇的纯血种马穿梭于战乱之地。他曾参军作战，加入阿拉伯的劳伦斯的军队——"这个来自于有雾国度英格兰的白脸恶魔伊比利斯[1]，

----

① 伊比利斯意为"绝望"之意。神话中传说他原为魔灵撒以旦。

煽动贝都因人去对抗奥图曼帝国，并在伊斯兰教徒间散播不和"。奥姆拉还曾在沙特国王的禁卫军中服役[①]，后来爱上后宫奴婢，两人私奔潜逃，先是四下漂泊，随后又变得生活困顿，最后连那个宫女也弃他而去。奥姆拉惨遭他的缪斯女神抛弃，于是便从大公国游荡到苏丹国，寻求致富的机会，接着又到处打家劫舍，还在萨那走私武器，在亚历山大港成了地毯商，后来才于1947年的保卫圣城耶路撒冷之战中受了重伤。我第一次看到奥姆拉的时候，他就因为膝盖里有子弹而举步维艰；后来我又看到他拄着拐杖，以色列要建立犹太屯垦区而开着推土机将族长果园铲平的那天，引起他心肌梗塞。今日，我发现他衰老得可怕，一张脸惨白得跟死人似的，两眼黯淡无光，简直就像一捆被扔在轮椅上的骨头。

我跪在他脚下，吻他的手。他屡细的手指翻弄着我的头发，力图找到一口气，告诉我说我回到故里令他有多高兴。我将头靠在他胸前，就跟往日一样，我这个被宠坏了的孩子，一旦别人拒绝给我什么好处，就会向他哭诉。

"我的医生，"他颤声道，"我的医生……"

---

① 沙特国王（1880-1953），亦称为"阿齐兹国王"，1932年宣布成立沙特阿拉伯。

奥姆拉现年35岁的孙女法丹在他身边；我在路上碰到她根本就认不出来。都这么久了。我还保留着她是个胆小害怕小女生的印象，老被堂兄弟们追弄，像有恶魔跟在后头似的不断逃跑。家族有些消息零星传到身在特拉维夫的我耳里，把她形容成一个扫把星。有些嘴巴恶毒的甚至称她"处女寡妇"。法丹命运多舛。她第一任丈夫的迎亲车队突然在行驶中爆胎，然后车子出了车祸，她丈夫横死。第二任未婚夫则是在新婚之日的前两天跟以色列巡逻队的冲突中一命呜呼。三姑六婆立刻就怀疑她克夫，从此以后再也没有追求者敢敲她家大门。辛苦的家务和被外族包围的严峻村庄生活，使她成了一个结实又粗野的年轻女性。她的拥抱很粗鲁，亲起人来很大声。

维萨姆帮我把袋子放好，接着，等长老愿意松开我的手的时候，维萨姆就带我去我房间。我的头还没碰到枕头，就睡着了。傍晚时分，维萨姆来叫醒我。法丹和他在葡萄棚下摆了张桌子，他们准备了丰盛的大餐，毫不吝啬。长老坐在桌子的一头，蜷缩在轮椅上，眼睛一秒钟也没离开我，高兴得飘飘欲仙。我们四个人用了露天晚餐。维萨姆跟我们说了好些有关前线的好玩事情，直到夜深。奥姆拉笑得合不拢嘴，连眼角都带有笑意。维萨姆这小子真有他的，我很难相信，像他这么一个害羞的孩子竟然具备让人放声大笑的幽默。

我回到房里，还沉醉在他的故事里头。

早上，黎明才刚卷起黑夜折边的一角，我就起床了。我睡得跟个孩子似的。或许我做了好几个美梦，可我一个都不记得了。我感觉自己神清气爽。法丹已经把长老推到内院；我看着窗外的他，庄严地端坐于宝座之上，宛若逐渐康复的图腾。他等着太阳升起。法丹已经准备好了烘饼，让我在客厅用早餐；她端来咖啡牛奶、橄榄、白煮蛋、时令水果还有蘸着蜂蜜的奶油面包。我一个人吃，维萨姆还在床上。法丹不时过来看看我有没有缺什么东西。用过早餐后，我到内院去找奥姆拉。我弯下身子亲他额头，他使劲紧握着我的手。他之所以没有说太多话，就是为了好好品尝我带给他每一分钟的欣喜。法丹去鸡舍里喂小鸡。每次她经过我身边，就会对我报以同样的微笑。尽管农事艰辛，命运残酷，她依然紧抓着一丝希望。她两眼无神，举止毫不优雅，但笑容里小心翼翼地保有着一份腼腆的温柔。

"我去转一圈，"我对奥姆拉说，"谁知道呢？搞不好我会找到我四十多年前掉在这边的铜扣呢！"

奥姆拉点点头，却忘了松开我的手。他那双上了年纪的眼睛，饱受沙尘和不幸摧残，却又如蒙尘珠宝般散发出光泽。

我抄近路穿过菜园，朝偌大的废弃果园飞奔而去。园里的果树光秃秃的，我寻找着儿时小径，过往的小路早已不见踪影，不过山羊又踩踏出了好几条新路。羊儿或许不像人们这么周全考虑，但漫不经心随处找路的方式和人类是一样的。我看到那座山丘，忐忑不安地冲了过去。我父亲拿来作为工作室的小屋已经坍塌；除了一堵拒绝倒下的墙外，其余部分尽是废墟一片，因为雨水的关系完全腐烂。我来到这堵墙前，当年我常和一大群堂兄弟埋伏在墙后对抗想象中的敌军。一边的墙角裂开，裂缝处长满杂草。我母亲正是把我那只生下来就是死胎的小狗埋在这个地方。那时我好伤心，她跟我一起哭。我的母亲……一个消逝在无垠记忆里的仁厚灵魂，一份在岁月洪流中永远逝去了的爱。我坐在大石头上忆起往事。我不是苏丹的儿子，但我看到的却是一位王子，双手宛若大鸟展翅，在悲苦世间的上方飞翔，像战场上方的祷告，也像是一首打破令人难以承受的沉默的歌。

太阳打断了我的思绪。我站起来，爬上山冈，山顶有几棵乱蓬蓬的树。我攀上斜坡，登上山顶；这儿曾是昔日我玩打仗游戏时的瞭望台。想当年我站在这里的时候，稍微专心一点，放眼望去，就能看得好远，可以隐约看到世界尽头。如今，一道可怕的长墙矗立着①，不知道是依循着什么样可怕的蓝图所建立，完全破坏了我昔日的世界。这道分隔之墙如此亵渎，连狗都宁愿对着荆棘抬腿撒尿，也不肯撒尿在这道墙的墙角。

"沙龙把《摩西五经》②倒过来念的。"我身后有个声音说道。

有位身穿褪色但干净长袍的老者站在我后面。他拄着根粗短木棍，其貌不扬，鬓髯如雪。他打量着这堵遮盖住地平线的分隔高墙，简直就像站在金牛犊前方的摩西③。

"犹太人当年四处漂流，就是因为他们不愿忍受高墙的禁锢，"他没理会我，径自说道，"犹太人后来建立了一座高墙，专门拿来站在它前面哀悼，这是有道理的。沙龙真的把《摩西五经》看反了。他自以为建造高墙是保护以色列人不受敌人威胁，殊不知只是把他们关进另一个地方，那个地方虽然不像以前犹太人待的地方那么可怕，但两者同样充满了不公不义……"

他终于转过来对着我。

---

① 以色列沿着约旦河西岸建立了一道高八米的隔离高墙，总长度逾七百公里。
② 《摩西五经》是希伯来圣经最初的五部经典，又称为《律法书》或《摩西律法》。为教导、指示及律法的意思。全经用最古老的希伯来文写成，是犹太教最重要经典之一。
③ 出于《旧约：出埃及记》。摩西带领以色列人出埃及后，上帝在西奈山上告之以十诫，山下的以色列人见摩西迟迟不下山，摩西的哥哥亚伦便僭作主张，铸造金牛加以崇拜。摩西下山后，见金牛大怒，命人将金牛熔掉磨成粉。

"对不起，打扰到你。我看见你从小路上过来，还以为是个老朋友，他已经过世十年了，我很想念他。你跟他体形差不多，走路的样子也像，我现在比较近距离看你，你还带点他的轮廓。你该不会是阿敏吧？画家罗端的儿子？"

"完全正确。"

"我就知道。你跟他像成这样，真不可思议。乍看之下，我还以为是他的鬼魂呢。"

他向我伸出一只干瘪的手。

"我叫施洛米·赫什，不过阿拉伯人都称我为隐士札伊夫。因为我曾是个苦行僧。我就住在那个小屋里，那儿，橙树后面。之前，我跟在你族长身边做批发买卖。自从他失去土地后，我就改行成了招摇撞骗的江湖术士。大家明明知道我的法力并不高强，我甚至不比那些被我宰杀后放在祭坛上赎罪的母鸡强到哪里去，不过好像没人在意。还是有人上门向我订购奇迹，只可惜我没能力交货。我为了赚点蝇头小利就对他们说明天会更好；因为我不是靠这个吃饭的，所以就算我的预言没有成真，他们也不会因此怀恨在心。"

我跟他握了手。

"我打扰你了吗？"

"现在已经不会了。"我这么说要他放心。

"很好。近来很少有人逛到这边。因为这道墙。这道墙真的很可怕，不是吗？怎么会有人建造出这么恐怖的东西呢？"

"恐怖并非仅因地面军事设施而生。"

"没错，不过，说真的，好歹总可以做得更好吧。一道墙？这是什么意思？犹太人生而自由，像风一样，就像朱迪沙漠般难以攻陷。犹太人之所以忽略了划定国界，乃至于土地差点惨遭掠夺，那是因为长久以来犹太人一直都相信'应许之地'首先就应该是一处没有任何围墙的地方；他们认为自己的哭喊声能传得多远，视野也就应该看得多远。"

"那么，那些非犹太人的哭喊声该怎么办？犹太人怎么处理其他人的哭喊声？"

老人低下了头。

他捡起一块泥土，磨碎于指尖。

"耶和华说：你们所献的许多祭物，于我何益呢？……我都不喜悦。"

"《以赛亚书》第一章第十一节。"我接着说。

老人皱了皱眉头，赞叹道："不错嘛。"

"可叹忠信的城变为妓女！从前充满了公平，公义居在其中，现今却有凶手居住，"我继续背诵给他听，"……引导这百姓的，使他们走错了路；被引导的，都必败亡……地都烧遍，百姓成为火柴，无人怜爱弟兄。有人右边抢夺，仍受饥饿；左边吞吃，仍不饱足；各人吃自己膀臂上的肉……主在锡安山和耶路撒冷，成就他一切工作的时候，主说：我必罚亚述王自大的心和他高傲眼目的荣耀。"

"沙龙该做的就是把这些好好谨记在心，阿门！"

我们两人大笑出声。

"你让我哑口无言，"他承认，"这些《以赛亚书》的经文，你是在哪学的？"

"每个巴勒斯坦的犹太人都有点像阿拉伯人，每个在以色列的阿拉伯人都无法否认自己是个犹太人。"

"我完全赞同。那么，为什么在同血缘的近亲中会有这么多的仇恨？"

"因为我们既没搞懂先知说的话，也不懂生命的基本规则。"

他点点头，面露哀戚。

"那么，我们能怎么样呢？"他自问。

"首先就是还上帝自由。上帝被我们的过分虔诚挟持得够久了。"

有辆车从农场那边开来，车后拖着一道长长的尘埃。

"八成是找你的，"老人提醒我，"我啊，来找我的人总是骑在驴背上。"

我伸手向他致意,沿着小山冈的山路一路往下,朝车道方向走去。

族长屋里来了好多人。娜洁姨亲自驾临;她原本去了图巴斯的女儿家,一听到我回到老家,就连忙闻风赶了回来。高龄 90 的她,从不知屈服为何物,老是那么坚定地站立,眼睛炯炯发光,动作坚定。她是我们所有人的母亲,也是族长最年轻的妻子和唯一的寡妇①。每次只要我母亲想骂我,我只要大喊娜洁姨的名字,母亲就会放我一马……她靠在我衬衫上哭泣。其他堂兄弟姐妹、叔伯、侄子、侄女和别的亲戚都耐心等候轮到他们拥抱我。没人怪我为什么离家那么远,为什么在外停留那么久。所有人看到我都很高兴,都待我如失而复得的浪子而给我拥抱;所有人都原谅我多年来对他们的忽视,原谅我喜欢闪烁的摩天大楼而非尘土飞扬的山陵,原谅我喜欢林荫大道而非羊肠小道,原谅我喜欢五光十色而非俭朴生活。看到这么多爱我的人,而我却一无所有,只能跟他们分

---

① 娜洁应为族长(即阿敏的祖父)的遗孀,叔公奥姆拉的嫂嫂。按照辈分看,应该是阿敏的"姨奶奶"才对。但阿敏等人之所以称其为"娜洁姨",应是跟着长辈叫的缘故。

享一个微笑，我这才了解到自己有多贫穷。当我转过身去，背对着这块乱烘烘又被迫不准发表意见的土地时，我好想切断自己的根源，就此他去。我不想像我自己的族人，不想跟他们一样逆来顺受，在禁欲苦行中长大。我记得我老喜欢当父亲的小跟班，父亲他以画布为盾牌，画笔为利矛，穿越这个因神话而变得哀伤的国度，固执地去狩猎他梦想中的独角兽。每次画商一对他摇头说不，就好像当场抹去了我和父亲两人的存在。父亲并没因此就被打败，他相信总有一天自己会创造出奇迹。他的失败令我愤愤难平，他的不屈不挠令我茁壮。为了不再依靠他人平庸的点头摇头来取决我的未来，我抛弃了祖父的果园，抛弃了我的童年游戏，乃至于抛弃了我母亲；当时我认为这是唯一能让我的命运如史诗般壮烈的方法，因为在其他的标准之下，我显然都不合格……

维萨姆割了三头羊的喉咙，要帮我们准备一顿配得上这个大日子的烤全羊大餐。大团圆好令人感动，我都快站不稳了。整个家族历史飞奔回来，美好得犹如幻想。大家把吓坏了的小毛头、新的亲家、未来的亲戚介绍给我认识。左邻右舍也来了，有好多熟面孔，包括我父亲的朋友和家里从前的伙计。庆典进行得如火如荼，直至天明。

第四天，族长屋里才恢复平日宁静。法丹再度接手。娜洁姨和长老奥姆拉整天都待在内院，看着蚊子在果园上方飞舞。维萨姆请我们准他回杰宁去。一通电话打来要他归队。他收拾好背包，亲了亲几位老人家，还有他姐法丹。临走之前，他告诉我说他及时看到我有多幸运。我没有马上弄清楚"及时"的意思，眼睁睁看着他离去。我并不平静——他眼中带着某样东西，令我想起在巴士总站的丝涵和在杰宁石头小院里呆呆站着的阿戴勒。

我并不后悔这趟回老家之旅。他们的热情温暖了我，他们的慷慨让我安心。我白天都待在农场，还有陪伴奥姆拉长老和娜洁哈贾①，要不就到那座我遇到老札伊夫的小山上，去听他说那些小老百姓的故事，他们因轻信他人闹出许多笑话。

札伊夫是个了不起的人物，有点疯狂，却很睿智，宛如遭到放逐的圣者。他看待事物的方式，比较喜欢顺其自然，先照单全收，然后才拣选分类，就好像随意搭车的人一样，因为只要外出探险就能丰富心灵，就算是探险途中遭逢意外也没关系。如果他可以的话，他会欣然以他那根摩西的拐杖来交换巫婆的扫帚，然后四处施放出毫无疗效的魔咒，正如先前他对于那些前来乞求他的苦难大众所承诺的无效奇迹一样。那些苦难大众看见他的匮乏，却

---

① 伊斯兰教徒尊称去过麦加朝圣的男子为"哈吉"，女子为"哈贾"。

误以为他是不求物欲；他们看见他是个社会边缘人，却误以为他正在苦行。我跟他学了许多有关人、有关我本身的事情。因着他的幽默感，使得苦难和试炼都变得比较容易承受了；因着他严肃的神情，使得现实变得离我们比较远了，连同那些已经幻灭的承诺与破碎的希望也远离了。光听他说话就能净空我的忧虑。可是如果他讲到人类的愤怒与虚荣，那就会慷慨陈词、大发议论、一发不可收拾。他的言谈涵盖范围很广，往往第一个提到我。"虽然牺牲也是一件至高无上的事情，但生命的价值远远超过牺牲，"他边迎着我的目光边承认这点，"因为人生在世，最伟大、最公正、最崇高的理由就是活下去的权利……"这个人真是个奇才。他有处变不惊的才干，稳重如山的沉着。他的帝国？就是他住的茅屋。他的盛宴？就是他与自己喜欢的人所分享的那餐。他的荣耀？就是令后世缅怀、继续传颂的那种简朴思想。

我们坐在山顶的大石头上，一聊可以聊上好几个钟头，背对那道分隔之墙，顽固地面对着那几座部落土地上硕果仅存的果园……

有一天晚上，我跟他告辞之后，厄运从天而降。

一群一身黑的女人在内院里面。法丹站在距离她们稍远的地方，双手抱头。此起彼落的哭泣和呻吟声，充斥在密布着坏预兆的农场上。有几个男的在鸡舍附近议论纷纷，他们都是些亲戚邻居。

我找着长老，到处都看不到他。

莫非奥姆拉过世了？

"他在房里，"后来有个堂妹告诉我，"娜洁哈贾正在陪他。他很难接受这个可怕的坏消息……"

"什么消息？"

"维萨姆……他今天早上光荣捐躯了。他在自己车上装了炸弹，朝以色列检查哨冲过去……"

次日黎明时分，果园遭以色列士兵包围。他们的车子周围环绕着铁丝网，以防遭到攻击。以色列人将族长的房子团团围住，不久之后一辆平底联结车驶抵，上面载着一辆推土机。军官要见长老。奥姆拉身体不适，由我代他出面。这名军官告诉我，由于维萨姆·贾法理对检查岗哨的自杀炸弹袭击，所以给我们半小时撤离此地，然后以色列军人要摧毁此地。

"什么意思？"我抗议，"你们要把房子给毁了？"

"先生，你还剩下 29 分钟。"

"别想。我们不会让你们毁了我们的房子。这是怎么一回事？那他们要去哪呢？这些住在这里的人。有两位快一百岁的老人家，他们来日无多，只想平静度日。你没权利这么做……这是族长的房子，是整个部落最重要的精神堡垒。你给我出去，立刻就走。"

"先生，还剩 28 分钟。"

"我们就待在里面，一步也不离开。"

"反正不是我的问题，"军官说，"我的推土机可不长眼睛。推土机一开动，就会把这里夷为平地。我已经警告过你们了。"

"过来，"法丹边说边拉着我的胳膊，"这些人就像他们的机器一样，都是没心没肺的东西。能带的尽量带，走吧。"

"可是他们会把房子给拆了。"我嚷着。

"国都没了，还要家做什么？"她轻叹一声。

几个士兵从联结车上把推土机开了下来。其他原本保持距离的邻居也陆陆续续来了。法丹协助长老在轮椅上坐好，接着就把他推到院子里以免受到侵扰。娜洁姨什么都不带。这些东西全都是属于家里的，她说。正如古代领主过世时会与其财物一起下葬，这间房子有资格保留它自己的东西。这是个随着自己的梦想和记忆一道熄灭的纪念。

好几个军人赶我们远离现场，要我们待在一堆土堆附近。奥姆拉深陷在轮椅上——我认为他应该不知道发生了什么事；他看着周遭闹成一片，并没真正察觉到有什么不对。娜洁哈贾威严地站在奥姆拉身后，法丹在她的左边，我在右边。推土机边吼边掀起一层厚重烟雾。推土机的钢制履带兀自旋转着，猛烈撕毁地面。

邻居绕过被士兵们围出来的安全区域，默默地过来跟我们会合。军官下令手下去确认屋内一个人都不剩。确定后，他就向推土机司机做了个手势。篱笆墙倒塌的那一瞬间，我的愤怒爆发，冲向推土机。一名士兵挡住我的路，我把他推到一边，朝那个正在摧毁我历史的怪物冲去。"住手！"我大叫。"站住！"军官命令我。另一名士兵过来制止我，用枪托抵着我的下巴，我整个人就像一幅被拆下来的帷幔，就这么瘫了下去。

我一整天都待在小山丘上，注视着这堆废墟，在闪烁的天空下，不知多少年前，它曾是我这个赤脚小王子的城堡。这是我祖父赤手空拳盖起来的，一块石头一块石头，好几代都在这里出生，眼睛睁得比地平线还要大；好多希望都寄托于此。只需要一辆推土机，就能在区区数分钟将一切都化为灰烬。

傍晚时分，太阳把自己关在那道墙后，有个堂弟从山下来找我。

"待在这一点用都没，"他说，"拆都拆了。"

娜洁哈贾又回去她在图巴斯的女儿家。

长老去曾孙家避难，就在离果园不远的村上。

法丹把自己囚禁在难以穿越的缄默中。她选择留在长老身边，待在他曾孙的陋室里。她还是照料着老人家，她很知道这份工作的要求有多高。奥姆拉没了她是撑不下去的。其他人起初对他嘘寒问暖的,后来都越照顾越不尽心。所以法丹才宁愿住在族长屋里。奥姆拉是她的宝贝,是她的。但是自从推土机开走后,就把法丹的灵魂也带走了。现在她坐着,毫无生命力、静默不语,脸上带着惊愕的表情,像一个遭人遗忘在角落里的影子,等着为黑夜所吞没。有一天晚上,她走回惨遭蹂躏的果园,长发披在肩上——她这么一个坚守家园、不可能会摘下头巾的人——就在废墟前站了一夜,废墟下长眠着她存在的意义。我去找她,她不跟我走。她没流下一滴泪,空洞的双眼,透明的眼神,这个骗不了人的眼神,这个让我学会什么是惧怕的眼神。隔天,法丹不见人影。我们翻天覆地到处找她,她就这么凭空消失了。长老的曾孙看到我把村上街坊邻居全都聚集起来,他怕事情会越闹越大,于是便将我拉到一边,向我招认:"是我载她去杰宁的。她非常坚持。反正不管是谁都没办法打消她的念头。一直都是这样。"

"你现在告诉我这是什么意思?"

"没什么……"

"她干嘛去杰宁,去谁家?"

奥姆拉的曾孙耸了耸肩。

"这种事情你这种人是不会懂的。"他边说边走远了。

于是我就明白了。

我搭出租车回到杰宁的卡利勒家，害他吓了一跳。他还以为我是来找他算账的。我要他冷静，我只是想联络阿戴勒。阿戴勒不久之后就出现了。我告诉他法丹失踪的事情，她这次不告而别，我怀疑别有用意。

"这星期没有任何妇女加入我们行列。"阿戴勒向我确认。

"去其他民兵部队那打听打听。"

"这么做只是浪费时间，我们没什么共识，所以说，你和我也没什么好交代的。个人打个人认为适当的战争。要是法丹真在某个地方，不必让她回心转意。她是个大人，而且完全自由，她想拿她的生命怎样就怎样，想拿她的死亡怎样就怎样。医生，不该有两套衡量标准，应该一视同仁。一个人同意拿起武器，就得接受人也这么做。每个人都有权享有自己的那份荣耀。我们没法选择自己的命运，但能选择自己如何结束，这样很好。这是种向命运表达不爽的民主方式。"

"我求求你，找到她。"

阿戴勒摇摇头，表示遗憾：

"你还是一点都不明白，阿叔。现在我得走了。玛尔万教长随时都会到。再一个小时不到，他就要在附近的清真寺祷告。你该来听的……"

就是这个，我想：法丹到杰宁来，很可能就是为了受教长祝福。

清真寺挤得水泄不通。民兵拉出封锁线来保护圣殿。我在街角找了个位子，监看预留给妇女的侧面区域。晚到的信徒急着从清真寺后面的暗门挤到祷告的大厅里去，有的妇女身上裹着黑色长袍，有的则带着鲜艳面纱。没看到法丹。我绕过一片屋舍，慢慢接近那扇由一个胖女人看守的暗门。她在圣殿的这个地区看到我十分生气，就连民兵也因为男女授受不亲而不敢出现在这边。

"男士从另一边进去。"她对我抛出这句。

"我知道，这位姐妹，可是我得跟我侄女法丹·贾法理谈谈。有急事。"

"教长已经上了讲经台。"

"这位姐妹，真的很抱歉，我有话跟我侄女说。"

"我怎么找得到她？"她火了，"里面有好几百位妇女，而且教长马上就要开始布道。我总不能抢他的麦克风吧。等祷告完再来。"

"这位姐妹，你认识她吗？她在不在这？"

"什么？你甚至不知道她在不在这，就在这种时候跑来找我们的麻烦？！你走吧，否则我就叫民兵过来。"

我得等到布道结束。

我回到原来那个角落，街道转角的地方，以免看不到清真寺保留给妇女的侧面区域。玛尔万伊玛目震慑人心的声音在扩音器中回荡，在寂静的星光中益发神圣。几乎跟我在伯利恒无照出租车上听到的演说一模一样。讲者热情洋溢的演说内容不时引来几声向他致敬的亢奋喝彩……

一辆车紧急停在清真寺前，两个民兵边下车边摇晃着对讲机，面色凝重。其中一名焦躁不安地指着天空，其他人则聚在一起共商大计，然后就去找负责人。他们的头儿就是那个穿伞兵上装、关我的那个。他将眼睛对上望远镜，扫描天空了好几分钟。圣殿周边掀起一阵骚动。民兵从各个方向跑了过来，其中三个往我这儿奔来，气喘吁吁地跑过我身边……"不是直升机，就是无人驾驶的飞机。"其中一人这么推测。我看着他们又全速冲上街头。有辆车在清真寺前刹车。车上的人向穿伞兵上装的那名男子大嚷了几句，往后倒车，在惊心动魄的隆隆声中，朝广场飞驶而去。布道中断。有人拿起麦克风，要求信众保持冷静，因为有可能是一场虚惊。两辆吉普车像龙卷风似的突然驶抵。信徒开始撤离清真寺。我看到了他们不让我进的给妇女专用的侧面区域。我不能冒险绕过去，因为这样可能恰好会错过法丹，搞不好她正好从暗门出来。我决定从正门进去，穿过人群，就可以到妇女区那边……"拜托，借光。"一名民兵叫道，"让教长过去……"忠诚的信徒们推来挤去，就为了想要更近距离看到教长，摸摸他长袍的下摆。伊玛目出现在清真寺门口的时候，一波人浪将我推向嘈杂人群中央。我想从挤得要命的亢奋人群中突围出去，但没办法。教长进到车里，一只手还在防弹玻璃窗后使劲挥舞着，两名保镖在他的左右……然后就什么都没了。某样东西划破天际，像道闪电在路中央飞快亮了一下，爆炸的震波朝我直劈而来，也驱散了害我动弹不得的狂热群众。刹时，天空崩陷，前一秒马路两旁还有虔诚的信众夹道欢迎，顿时一切天翻地覆。是一个男子吗？还是个男孩的身体？像一道隐隐约约的闪光令我眼前一花。怎么回事？尘土飞扬，烈火席卷而来，万千火花向我猛烈迸射。我依稀能感觉到自己的全身在爆炸的呼啸声中快散开了，快解体了……几公尺外，教长座车喷出熊熊烈焰。两名脸色宛若幽灵般惨白、浑身是血的汉子从另一边推进，打算把伊玛目抢出火场。众人赤手空拳，将冒着火的车壳给掀了，打破窗玻璃，跟车门死命拼搏。我没办法站起来……救护车滴嘟滴嘟……有人俯在我身上，草草听了听诊，就头也不回地走远了。我看到他蹲在一堆焦黑的肉团前，量着脉搏，接着就对担架员打了个手势。另有一名男子过来拉起我的手腕，旋即放下……"这家伙完了……"我在救护车上，看见母亲朝我微笑。我想朝她的脸庞伸出手去，但全身上下都不听使唤。我好冷，我好痛。救护车倒着开进医院天井，车尾门打开。有人把我从车厢内拖出来，放到走廊上，就扔在地上。护士跨过我跑着奔向四面八方。在一支令人炫目的芭蕾舞中，一张张载着伤员和恐惧的轮床来来去去。我耐心等着有人过来照顾我。我不明白为什么没人在我床边稍作停留。有人停下来，看了看我，然后就走了。这不正常。其他尸体跟我排成一排。有些亲属已经赶到，妇女进出眼泪又爆出惨叫。有的尸体面目全非，无法辨识。只有一位老人跪在我面前，他召唤真主之名，将手放在我脸上，合上我的眼皮。倏忽间，世上一切亮光和所有声音尽皆模糊不清。我蓦地感到万分恐惧。他为什么要合上我的眼睛？而正因为我睁不开眼皮，我这才明白……原来如此：我再也不是……

我竭尽最后一点力量想振作起来，身上没半根纤维在动。只剩下宇宙喧哗声在嗡嗡作响，一点一滴地侵略我，已经把我给虚无化了……接着，在深渊最深处，赫然出现了一缕小到不能再小的微光……光线晃动着，光接近了，光渐渐有了轮廓；是个孩子……他跑着；他那神奇的步伐逼退了阴影和不透明……跑啊，父亲的声音对着他喊……一圈光晕升到正在欢庆着的果园上空，果树的枝丫开始发芽、开花、累累果实使得果树的枝子弯下了腰。这孩子沿着野草跑着，冲向那道分隔之墙，墙好像纸糊的隔板般倒了。视野大开，田野解放，放眼望去，平原一望无际……跑啊……这孩子跑着，边跑边放声大笑，张开手臂，宛若鸟儿展翅。族长的屋子从废墟中升起；屋舍的石头尘土尽去，像是一种神奇的舞蹈重新竖立，屋子的墙壁也重新立了起来，天花板的横梁又覆上瓦片；祖父的屋子在阳光下站了起来，从没这么美丽过。这孩子跑得比苦难还快，比命运还快，比时间还快……而且还要做梦，艺术家对他说道，梦想你既美又幸福，而且不朽……彷佛在释放担忧，这孩子顺着小山丘的山麓飞奔，像翅膀一样挥舞着双臂，小脸蛋散发光芒，眼神兴高采烈，他一飞冲天，父亲的声音带他展翅飞扬：他们可以拿走你的一切：你的财产，你最美好的时光，你所有的欢乐，还有你所有的荣耀，乃至于连你最后一件衬衫也得拿走。但你的梦想会永远留在你身边，重新创造这个你被没收了的世界。

图书在版编目（CIP）数据

哀伤的墙／（法）雅斯米纳·卡黛哈著；缪咏华译.—上海：上海三联书店，2016.5
ISBN 978-7-5426-5591-2

Ⅰ.①哀… Ⅱ.①雅…②缪… Ⅲ.①长篇小说－法国－现代 Ⅳ.①I565.45

中国版本图书馆CIP数据核字（2016）第111422号

Original title:L'attentat by Yasmina KHADRA
©Editions Julliard,Paris,2005
Current Chinese translation rights arranged through Divas International,Paris
迪法国际版权代理（www.divas-book.com）.
本简体中文版翻译由台湾木马文化事业股份有限公司授权

上海市版权局著作权合同登记 图字：09-2016-327号

哀伤的墙

著　者／（法）雅斯米纳·卡黛哈
译　者／缪咏华
责任编辑／黄　韬
特约编辑／王轶华
装帧设计／韩　笑

出　版／上海三联书店
　　　　（201199）中国上海市闵行区都市路4855号2座10楼
网　址／www.sjpc1932.com
发　行／新经典发行有限公司
电　话／010-68423599　　邮箱／editor@readinglife.com
印　刷／三河市宏图印务有限公司

版　次／2016年6月第1版
印　次／2016年6月第1次印刷
开　本／880×1230　1/32
字　数／150千字
印　张／8.75
书　号／ISBN 978-7-5426-5591-2/I·1140
定　价／35.00元

如有印装质量问题，请发邮件至 zhiliang@readinglife.com